강화학개론

빈형 게임 판타지 장편소설

WISHBOOKS FANTASY STORY

강화학개론 12

빈형 게임 판타지 장편소설

초판 1쇄 찍은 날 | 2018년 6월 25일
초판 1쇄 펴낸 날 | 2018년 7월 2일

지은이 | 빈형
펴낸이 | 예경원

기획 | 위시북스
편집책임 | 이규재
편집 | 이즈플러스

펴낸곳 | 예원북스
등록번호 | 제396-2012-000132호
등록일자 | 2012. 7. 25
KFN | 제1-273호

주소 | 경기도 고양시 일산동구 호수로 646-24 위너스21 II 빌딩 206A호 (우)10401
전화 | 031-819-9431 팩스 | 031-817-9432
E-mail | yewonbooks@naver.com

ISBN 979-11-6098-985-4 04810
979-11-6098-321-0 (set)

※ 이 도서의 국립중앙도서관 출판시도서목록(CIP)은 서지정보유통지원시스템 홈페이지(http://seoji.nl.go.kr)와 국가자료공동목록시스템(http://www.nl.go.kr/kolisnet)에서 이용하실 수 있습니다.

강화학개론

빈형 게임 판타지 장편소설

WISHBOOKS FANTASY STORY

Wish Books

강화학개론

CONTENTS

Episode 51.

마계의 전설(1)

1

인권위가 보면 당장에라도 길바닥에 누워 시위라도 할 법한 풍경이 벌어졌다.

"자, 재료 불러줄게. 한 번만 불러주고 말 거니까 잘 들어."

어느새 말끔해진 쌍검을 다시금 받아 든 채 빙글빙글 돌리며 여유롭게 말하는 한시민.

최상급 마족의 목을 한 번에 베어버릴 만큼의 충분한 공격력이 있음에도 불구하고 위험천만한 곡예엔 긴장감이 없었다.

그건 옆에 저 수천의 마족을 고작 30분 남짓한 시간에 굴복시켜 버린 에피아라는 괴물이 있기 때문이리라.

"에피아, 나 목 아프니까 네가 좀 전해."

"……."

"스승님이 남긴 유지에 그렇게 적혀 있더라고. 좀 무서울지 몰라도 에피아는 속이 따뜻한 여자라고. 겉으로는 툴툴대더라도 내 말은 잘 들어줄 거라고. 사실 처음에는 좀 긴가민가 했는데 이제 보니까 알 거 같네. 넌 참 따뜻한 여자야."

"……."

입에 발린 말들을 적절히 곁들여 주니 에피아가 앞으로 나선다. 그리고 나직이 중얼거린다. 한시민이 말해주는 것들을.

숨 막히는 침묵 속 울려 퍼지는 고운 미성은 그녀가 마왕이라는 것이 의심될 정도로 청아하지만 그 목소리를 즐기는 마족은 단 한 명도 없었다.

깨질 듯한 침묵 속에서도 들릴까 말까 한 목소리를 언제 즐긴단 말인가. 한마디라도 놓치는 순간 곧 죽음인데. 전부 주워들어야 한다.

그렇게 한시민이 한참 동안 말한 재료들이 에피아를 통해 마족들에게 전해졌다.

물론 마족들은 이게 무엇을 의미하는지 모른다. 그들이 아는 것이라곤 최상급 마족들을 따라 이름만 마왕뿐인 마왕을 물리치고 새로운 마계를 열고자 여기까지 왔다는 것.

하지만 그들이 실제로 본 건 30분도 채 되지 않아 목이 따인 채 생을 마감하는 열두 최상급 마족과 알 수 없는 소리를 중얼거리는 마왕뿐이었으니까.

죽기 싫으니 일단 외웠다. 그것이 무엇을 의미하는지는 그녀가 말해줄 것이다.

마족들의 바람을 에피아는 단 한마디로 정리해 주었다.

"구해와."

깔끔하게.

단 한마디로 모든 의문과 궁금증을 불식시킨다.

마족들이 감탄을 내뱉었다.

아! 최상급 마족들을 죽이고 수만의 마족을 꿈속에서 깨어나지 못하게 한 시간보다 더 긴 시간 주저리주저리 내뱉은 단어들의 나열이, 사실은 우리가 구해와야 할 것들의 이름들이었구나!

감탄사가 입 밖으로 나오는 일은 없었지만 마족들은 천천히 그들이 외운 것들을 다시 한번 곱씹었다.

그러고는 인상을 찌푸렸다.

성질이 더러운 몇몇 상급 마족은 너무 어이가 없어서 평정이 깨져 버리고 말았다.

"이런 미친. 그 많은 것을 언제 구해오라는 거야. 거기다 마계 흑수정? 그건 마왕의 영토에서 마왕만이 수집할 수 있는 특급 보석이잖아."

모두의 심정을 대변하는 말이었다.

일부 마족이 저도 모르게 본능적으로 고개를 끄덕였다.

현재 모여 있는 마족들이 최소 중급 마족 이상임을 생각해 보았을 때 에피아가 내린 명령이 얼마나 부당한지 보여주는 단적인 예다.

수많은 재료 중 고작 몇 가지일 수도 있다.

다른 건 다 괜찮은데 절대 불가능한 단어 몇 가지. 아니, 몇십 가지.

안 되는 건 안 되는 거다. 인간이라면 모를까 마족들은 안 되는 것을 되게 만들지 않는다.

"차라리 죽으면 죽었지."

말도 안 되는 걸로 사람을, 아니, 마족을 이렇게 핍박해도 되는 거냐!

용기 넘치게 처음 말을 꺼낸 마족이 침을 퉤 하고 내뱉었다. 건방지기 짝이 없는 행동이지만 동시에 마족이라는 점을 감안해 보면 귀여운 반항 수준이다.

명령에는 복종하겠다. 하나 할 수 있는 명령을 내려달라.

부당한 요구가 아니다.

"그래?"

"그렇습니다! 저희에게 부여되지 않은, 권한 밖의 요구는 모순됩니다!"

에피아 또한 웃으며 되물었다. 흥미가 가득한 표정이었다.

그녀의 단죄 대신 질문을 들은 마족은 한층 더 자신감 넘치는 목소리로 대답했다. 하나 그런 용기를 보인 그에게 돌아오는 건 하늘에서 떨어지는 흑마력의 검 수십 개였다.

푸푸푸푹-

"……!"

부복을 풀고 무릎을 꿇은 채 고개를 살짝 치켜들던 마족이 그 자리에서 한 줌 핏물조차 남기지 못한 채 사라졌다.

소멸!

살짝 풀리려던 분위기가 아까보다 더 차가워졌다.

그런 분위기 속에서도 여전한 에피아가 미소를 한껏 더 머금은 채 말했다.

"좋아, 그런 용기. 용기 있는 놈들 좋지. 조만간 대륙도 침공해야 하고. 하지만 난 날 향한 용기는 좋아하지 않아."

"……."

마족들이 침을 삼켰다.

한 마족의 용기와 함께 솟구치던 정의에 대한 감정이 언제 그랬냐는 듯 눈 녹아버리듯 사라졌다.

마족에게 죽음은 두렵지 않다. 하지만 소멸은 두렵다.

죽음 역시 모든 것이 초기화되고 수백 년이 지나 최하급부터 시작해야 한다는 점은 바뀌지 않지만 나라는 자체가 사라진다는 끔찍함은 차라리 수백 년의 숙면을 원하게 만들어준다. 그런 마족들의 특징이 소멸에 담기는 의미를 더 끔찍하게 만든다.

"이견이 있는 놈이 있으면 지금 말해."

"……."

"깔끔하게 보내줄 테니까."

본보기까지 확실하게 보여줬는데 토를 다는 마족은 없었다.

완벽한 먹이사슬의 정점. 약육강식의 본질을 보여주는 마왕의 모습에 한시민이 살짝 나섰다.

"자자, 분위기 너무 내려갔잖아. 다들 쫄지 마시고. 그냥 편하게 생각하자고. 말은 그렇게 하지만 다들 집에 숨겨둔 보물 하나씩은 있잖아? 그런 거 그냥 가져오면 되는 거야. 에피아가 뭐 그런 거 숨겨놨다고 소멸시킨다고 한 것도 아닌데 뭘 그렇게 쫄아. 이게 다 마계를 위한 일이고 대륙 침공을 넘어 천계까지 지배하기 위한 발판일 뿐이니까 다들 힘내서 가자고. 알았지?"

"……."

얄미운 시어머니의 표본! 제 것 아니라고 마음 편하게 얘기하는 당당함!

"자! 출발!"

하나 어쩌겠나.

마왕이 이미 시켰다.

먼저 소멸된 마족의 황천길을 따라가고 싶지 않으면 까라는 대로 까야지.

마족들이 하나둘 일어나 뭉그적거리며 움직이기 시작했다.

"아! 3시간만 줄게. 시간이 얼마 없어서. 그리고 만약 빈손으로 오거나 부족한 재료가 있다면 현장에서 수급할 예정이니까 알아서들 잘 생각해서 열심히 구해오는 게 좋을 거야."

"……."

뭉그적대던 걸음이 빨라졌다. 날개를 펴고 날아가는 마족들의 모습은 살기 위한 발악이었다.

현장에서 수급한다. 그것이 무엇을 의미하는지는 재료 70% 이상이 마족의 장기부터 시작해 신체의 일부임을 떠올려보면 알 수 있다.

"진짜 운이 좋나 봐. 어떻게 때마침 재료들이 알아서 기어들어 오냐."

"……."

"오빠, 진짜 그렇게 말하니까 마족 같아."

"원래 다 그런 거야. 로마에 오면 로마법을 따르고 마계에 오면 마계법을 따라야지. 세상엔 갑과 을 두 종류뿐인데 어쩌겠냐. 을이 되기 싫으면 갑이 돼야지."

자리에 앉아 느긋하게 쌍검의 14강 명당을 느끼며 슬픈 눈으로 중얼거리는 한시민.

"내가 볼 때 오빠는 정 정도 되는데 갑을 등쳐먹는 거 같아. 그래서 더 쓰레기 같고."

"……."

그 뒤에서 묵직한 팩트로 강예슬이 한시민의 뒤통수를 쳤다.

한시민이 마계에 오기 전, 아니, 그로 인해 에피아가 마왕성 밖으로 이렇게 대놓고 나서기 전까지만 해도 마계는 상당히 혼란스러웠다.

과연 이게 마계 전체가 하나로 뭉쳐 대륙으로 향해야 하는 대륙 침공 직전의 모습인가 의아할 정도로.

그럴 수밖에 없는 게 가장 중심이 되어야 하고 진두지휘해야 할 마왕과 최상급 마족들 사이에 교류가 없었고, 그로 인해 최상급 마족들은 마왕을 약해 빠진 허수아비로 봤으며, 자연스럽게 최상급 마족들과 교류하는 상급 마족들도 그렇게 보게 되었다.

어찌 보면 에피아의 잘못이다. 하나 그런 잘못들이 한순간에 바뀌었다.

이게 강자존의 매력이다.

모든 게 에피아가 마왕의 자리에 앉아 있을 자격이 있는지에 대한 의문에서 시작된 오해이기 때문에 자리만 마련되면 자동으로 오해는 풀리게 되어 있다.

에피아는 그 자리를 아주 완벽하게, 의도치는 않았지만 깔았고, 보여주었다.

그리고 소문은, 특히 마계에서의 소문은 그 어느 때보다 빠르게 퍼졌다. 수천의 상급 마족이 재료를 구한답시고 퍼졌기에 가능한 일.

중립을 지키며 사태를 관망하던 나머지 최상급 마족들 또한 이 소식을 들었다. 눈치 빠르고 줄 서기 좋아하는 최상급 마족들이 서둘러 에피아에게 아부를 하기 위해 모여들었다.

강자존인 세상이지만 사고하고 행동하는 이들이 모인 만큼 무작정 죽자 사자 덤벼드는 마족만 있는 게 아니다. 열두 최상급 마족이 손을 잡은 것만 봐도 알 수 있다.

마왕이 그를 받쳐 주는 종족과 마왕성이 있어야 그 세력을 더욱 돈독히 할 수 있는 만큼 최상급 마족 또한 마찬가지다.

압도적인 무력도 무력이지만 최상급 마족들 간에도 적을 최대한 많이 만들지 않으려 노력한다.

그것 중 가장 좋은 방법은 역시 마왕의 줄에 서는 것이다.

"마왕님, 필요하신 재료들이 있다 하여 제 창고를 털어 가져왔습니다."

"저 인간에게 가져다줘."

"예, 마왕님. 전 언제나 마왕님을 지지하고 있었습니다."

"좋아. 마음에 드네?"

"감사합니다."

대동단결하여 마족들이 모여든다.

역대 최악의, 그리고 최강의 마왕.

두려움에 떨며 눈치를 보는 것보다 그녀의 밑에서 부귀영화를 누리는 게 훨씬 안전하고 이득이라는 판단을 내린 현명한 마족들의 행진에 무려 200제 에픽 레전더리 등급의 무기 14강 재료는 착실하게 쌓여갔다.

당연한 수순이다. 그냥 은근 슬쩍 넘어가려다간 자기 자신이 재료로 분해되게 생겼다. 거기에 마왕의 편에 줄을 서려고 오는 최상급 마족들과 상급 마족들마저 마족들을 부추기고 있다.

어디서 구하느냐는 질문 따위를 어찌하겠는가. 가다가 보이는 마족한테 시비를 붙여서라도 어떻게든 구해와야지.

마왕의 곁에 모여드는 최상급 마족들이 시간이 흐를수록 늘어났다.

자기가 마치 마왕의 호위기사라도 되는 양, 어깨를 꼿꼿이 세운 채 눈을 부라리며 주위를 경계하는 이들!

그런 이들에게 한시민이 다가왔다.

"야, 이 새끼들아. 거기서 빈둥빈둥 처놀지 말고 가서 재료나 구해와. 안 그래도 재료 부족해서 짜증 나 죽겠는데 눈앞에서 처놀고 있네?"

"……?"

며칠째 잠도 못 자고 가져오는 재료들을 분리해 강화에 필요한 순서대로 나열하는 한시민의 노골적인 짜증!

얼토당토않은 인간 놈의 횡포에 미간을 찌푸리며 나서려던 최상급 마족들이 에피아의 한마디에 멈칫했다.

2

사람은 피곤하고 정신이 피폐해질수록 본성을 드러낸다. 사회적인 가면을 벗어던지고 내면의 모습이 저도 모르게 나타나는 것.

그래서 결혼이든 인간관계든 사회적인 관계든 사람을 제대로 알고 싶다면 한계를 같이 체험해 보라는 말이 나오는 것이다.

물론 결코 좋은 선택은 아니다. 인간의 본성은 누구나 쓰고 있는 가면에 비해 추잡할 수밖에 없으니까.

아무리 착한 사람이라도 남보단 자신이 우선시될 수밖에 없고 그렇지 않은 사람은 70억이 넘는 인구 중에서 극소수일 것이다.

그런 의미에서 한시민은 현재 상당히 위험한 상태였다.

14강을 위한 대규모 프로젝트를 시작한 지 벌써 1주일.

마계는 정말 넓었고 또 쌍검 14강을 위한 과정 또한 그만큼 복잡했다.

어찌어찌 운이 따라 지원군들이 생겼고 마왕의 힘으로도 구하기 힘든 재료들마저 하나둘 모이고 있었지만 그럼에도 아직 필요한 게 많았다.

시간문제이긴 하다. 마왕의 명령하에 모이는 마족이 점점 늘어가고 있었으니까.

강자존에 의해 마왕의 명은 절대적이다.

내리지 않았다면 모를까 이미 마왕이라는 자리에 앉아 있어도 될 만큼의 실력을 충분히 증명했는데 따르지 않는다면 그건 곧 왕권에 대한 반역이자 역적이 된다.

해서 소문을 들은 마족들은 움직였다.

움직였음에도 아직도 강화를 시도조차 하지 못하고 있다. 한 번에 두 개의 쌍검을 강화하기 위해 모으는 것도 한몫하고 있지만 어쨌든 여전히 밤을 새워가며 준비하고 있음은 변치 않았다.

"언제 온대?"

"지금 최상급 마족 다섯이 갔으니 곧 올 거야."

"하아, 무슨 마족들도 잡기 힘든 괴수가 있냐. 마족들이 제일 센 거 아니었어?"

"마계도 인간계랑 똑같아. 마족이 마계를 지배하는 것은 맞지만 마계에도 다양한 종류의 마수가 살고 있어. 개중엔 내가 나서야 할 만큼 강한 놈도 많고."

"……."

"강자존은 마계 전체에 적용되는 말이니까."

"그래."

뭐 어찌 됐든 준비는 거의 끝났다.

진작 가면을 벗어던진 한시민의 귀찮은 말투에 전대 강화사가 더 생각나는지 점점 친절해지는 에피아는 둘째 치고 그걸 보는 아리아의 표정은 점점 굳어가고 있었다.

역시! 감언이설에 속았지만 본능은 마족이었구나! 사악한 인간!

이미 마왕과 손을 잡고 대륙 정벌이니 천계 정복이니 하는 말을 지껄여 대며 무기를 강화해 줄 때부터 알아봤어야 하는데.

반쯤 세뇌를 당해 여전히 그에 대해 즉결 처단 해야겠다는 생각까지는 들지 않았지만 그래도 살짝 넘어갔던 마음이 되

돌아오는 정도는 되었다.

그걸 한시민은 기가 막히게 눈치챘다.

"하아."

역시 대장은 힘든 거야. 마음 같아선 마무리되어 가는 상황에 마지막 재료가 도착할 때까지 두 시간이나마 눈을 좀 붙이고 오고 싶었는데. 이러다 진짜 세계 최초로 가상현실 하다가 잠 안 자서 죽는 인간이 되는 건 아닐까 몰라.

한숨을 내쉬었지만 별다른 방법은 없었다. 이전에도 그랬지만 아리아는 힘으로 어떻게 한다고 바뀔 천족이 아니다.

무려 천왕이 선택해 마족들을 처단하라고 보낸 상급 천족이다. 세상에서 가장 어려운 게 어렸을 때부터 세뇌당해 사상을 주입받은 자들의 생각을 바꾸는 것이 아니던가.

그것도 그냥 바꾸는 수준이 아니라 정반대의 사상을 좋아하도록 만드는 일이다.

사실 어떻게 되든 말든 목줄을 채웠으니 신경 안 써도 그만인데 또 한시민의 본능은 그걸 그렇게 대충 넘어가지 못하게 만들었다.

'쓸 만한 천족을 그냥 버릴 순 없지.'

어떻게 굴러 들어온 복덩인데 버리겠는가.

갑자기 베타고가 계정 삭제와 아리아 둘 중 하나를 선택하라고 말도 안 되는 억지를 부리지 않는 이상 상급 천족을 버릴 순 없다.

해서 그녀에게 다가갔다.

"흥."

아리아가 고개를 돌렸다. 마계에서도 고고하게 빛나는, 해서 힐끔힐끔 마족들의 시선이 꽂힐 수밖에 없는 천족은 그를 거부했다. 물론 생각만 거부할 뿐이었다.

한시민은 오래 그녀와 푸닥거리할 정신적인 여유가 없었다.

"조용히 하고 앉아봐."

"……."

"아, 이건 진짜 보여주고 싶지 않았는데."

어쩔 수 없다는 듯 에피아에게 손짓했다. 에피아가 흑마력을 끌어올리며 다가왔다.

천왕의 수치는 다행히 오래가지 않았다.

소문이 퍼지기 전, 그러니까 천왕의 시중을 드는 천족들이 혹시 몰라 눈치를 보는 사이 다시금 마왕에게서 연락이 돌아왔기 때문.

"크흠! 역시. 바쁜 일이 있었던 모양이군."

자존심 때문에, 그리고 혹여 다시 했다가 또 한 번 까일까 걱정이 되어 전전긍긍하고 있던 천왕이 늠름하게 모두가 들으라는 듯 말하며 신성력을 끌어올렸다.

소통을 허가하는 의지가 담긴다. 마음 같아선 그도 두 번은 거절하고 받고 싶었지만 그랬다가 다시 연락이 오지 않으면 그만 손해다.

이건 어디까지나 그의 자존심을 회복하기 위한 수단이 아니라 볼모로 잡혀 있는 아리아를 구해오기 위한 협상의 테이블이 아니던가.

진지한 표정을 한 채 눈앞에 생성되는 에피아에게 말한다. 근엄하게.

"그대가 마왕인가."

–그래, 귀찮게 뭐야?

"……."

물론 돌아오는 말들은 결코 근엄하지 못하다.

보는 것만으로 역겹다는 표정이 드러나는 상대를 보며 어찌 표정을 관리할 수 있을까.

천왕 또한 마찬가지였다.

마왕이다. 무려.

목숨을 걸고 싸워도 이상하지 않을.

당연히 반감부터 든다. 한데 그는 놀랍도록 침착함을 유지했다.

"크흠."

서큐버스라 하더니 예쁘긴 하네.

매일 순결한, 순백의 천족들만 보다 피에 젖은 드레스에 속이 훤히 들여다보이는 마족, 그것도 서큐버스를 보니 마음이 요동칠 수밖에 없다.

그건 천족이고 천왕이고 마족이고 다르지 않다. 어찌 됐든 생명체고 종족이 다른 것뿐이니까.

그럼에도 천왕은 침착하게 할 말을 했다.

"볼모로 잡고 있는 우리 천족을 보내주는 게 좋을 거다."

강하게 압박하는 말투!

애당초 협상이 아니라 통보다. 무사히 돌려받고자 한다면 사실 어느 정도 협상을 통하는 것이 훨씬 가능성도 높고 편하다는 사실을 천왕이 모르는 건 아니다.

하나 상대는 마왕이다.

마족, 간악하기 그지없고 사악하기로는 끝을 알 수 없는 존재들의 왕.

그런 자들에게 약한 모습을 보였다간 좋은 꼴을 보지 못하리라.

해서 어쩔 수 없었다.

아리아는 돌려받아야겠고 협상은 싫다. 그렇다면 그들의

의사를 적극적으로 타진하는 수밖에!

—싫은데?

당연히 대답은 거절이었다. 이렇게 싹수없게 말하는데 어느 마왕이 좋다고 그러자 말하겠는가.

만약 그랬다면 천왕은 지금 보고 있는 여자가 마왕이 아니라고 의심했을 것이다. 그렇기에 돌아오는 말에 대한 대답 또한 준비되어 있었다.

"천계의 분노가 무섭지 않나."

—어.

"그 끝이 정녕 서로 간의 괴멸이라는 걸 모르는 건 아니겠지?"

—설마. 끝은 언제나 정해져 있어. 천계의 파괴. 그리고 천왕의 죽음.

"언제나 대대로 마왕들은 그렇게 말해오더군. 하지만 내 대에만 세 번이나 바뀐 마왕 중 그것을 현실로 옮긴 마왕은 아무도 없다."

—응, 이번에 내가 할 거야.

"건방진."

의미 없는 대화들이 오간다. 애당초 협상이 될 리가 없는 둘이고 힘으로 어떻게 결판을 보기에도 서로 만날 일이 없다.

진짜 쳐들어갈 생각이 있었으면 이렇게 협박하지 않고 몰래 게이트를 열어 마계와의 전쟁을 시작했겠지.

결국 서로 약 올리기다. 기회가 왔을 때 말싸움으로 어떻게든 약을 올리고 싶은 마음.

이를테면 기선제압.

ㅡ아! 그리고 볼모라니. 마족을 너무 쓰레기로 보는 거 아냐?

"쓰레기를 쓰레기라 부르는 건 신께서도 죄라 하지 않으신다."

ㅡ에이, 그래도 제 발로 알아서 기어들어 온 천족인데 나한테 너무 뭐라 하지는 마.

"흥, 믿지 않는다."

ㅡ하긴, 천계의 것들은 직접 눈으로 봐야 믿지.

그 기선제압을 위해 화면 반대쪽 에피아가 천왕이 볼모로 잡혀 있다고 믿는 아리아의 모습을 비춰주었다.

"……!"

흠칫하는 표정이 관리되지 않을 정도로 놀라는 천왕.

ㅡ어때?

"어떻게……."

ㅡ어떻게라니. 사실 마계에선 더러운 천족의 변절 따위를 받아주진 않지만 본인이 이토록 원하니 어쩌겠어. 내가 마왕으로 있는 한 날 위해 목숨을 걸고 싸우겠다는데 받아줘야지.

"……."

화면에 보이는 아리아는 천족들만이 입는 방어구가 아닌 마족들이나 입을 법한 검은색 가터벨트에 아슬아슬한 천 쪼가리 한 장을 걸치고 있었다.

물론 대륙에 왔을 때 그녀가 입고 있던 옷과 비교한다면 크게 야할 것이 없는 복장!

하나 느낌 자체가 달랐다. 뭔가 어둠의 자식으로 귀화한 것 같다.

게다가 아리아는 아무런 구속조차 되지 않았음에도 저항하는 느낌이 없다.

-봤지? 괜히 돌아가고 싶어 하지 않는 애 찾으려고 애쓰지 말고 포기해. 그럼 안녕.

"……."

충격에 천왕은 별다른 말을 하지 못했다.

그럴 리가 없다고 외치고 싶었지만 의심이 들기 시작했기에 어쩔 수 없었다.

만약 세뇌가 된 것이라면?

이미 거기서 상급 천족이, 그것도 천왕의 총애를 받는 천족이 세뇌 따위에 당했다는 가정부터가 모순을 일으킨다.

차라리 죽었음 죽었을 것이다. 죽음이라면 그래도 언젠가 다시 천족으로 부활할 수 있었을 테니까.

해서 천족들은 죽음을 두려워하지 않는다. 만약 소멸의 위험이 있었다 한들 변절을 택하진 않았을 것이다. 즉, 협박으로 인한 결과가 아니라는 뜻.

혼란스러워하는 사이 영상은 끊겼다.

"그럴 리가 없는데……."

전혀, 단 일말의 예상조차 하지 못했던 전개였다.

천왕에게, 그리고 아리아에게도.

한시민이 물었었다.

"그럼 시험해 볼래?"

"……?"

"천왕한테 전화해서 물어보면 되잖아. 널 믿는지 아닌지. 만약 진짜 천왕이 널 믿는다면, 신에 대한 믿음이 강건하다면 네가 무슨 복장을 하고 있든 변함없이 널 믿겠지? 함께 신을 믿는 동료인데."

"……."

아리아의 복장 변경은 거기서 시작되었다.

크게 힘든 점은 없었다. 이미 그녀의 방어구와 무기는 한시민의 주머니 속에 있었고 대충 껴입고 있던 검은색 로브를 그냥 갈아입은 것뿐이니까.

나체 따위를 다른 이에게 보이는 것에 수치를 느끼지 않는 그녀이기에 큰 거리낌은 없었다.

그렇게 에피아의 협조하에 천왕과의 연락이 이루어졌고 어떠한 설명도 없는 눈빛 교환만으로 아리아는 천왕의 실망을 읽었다.

"봤지? 천왕이고 마왕이고 다 똑같아. 신? 내 생각엔 베타고 그 새끼도 별반 다를 게 없는 인공지능이지만 걔는 논외로 치더라도 천왕이 신은 아니잖아. 모든 생명체에겐 종교의 자유도 있고. 천족이고 마족이고 흑마법사고 뭐가 중요하겠어. 다 각자의 위치에서 원하는 신을 믿으며 살아가면 되는 거지."

"……."

"내가 뭐 언제 악신을 믿는다고 한 적 있어? 너한테 신 믿지 말라고 강요한 적 있어? 난 다 비즈니스야, 사실. 세상에 나 같이 믿을 만한 놈도 없다니까? 안 그래?"

인생은 그런 거다. 속고 속이고 계획하고 설계하는, 사기꾼이 판치는 세상.

3

결국 한시민은 한숨도 못 잤다.

"진짜 고글이 캡슐 하나는 기가 막히게 잘 만드네."

이미 몇 번이고 느꼈고, 그때와 비교하면 1주일 정도 잠을 안 자는 수준은 밤을 새운 것이라고 보기도 힘들 정도로 강행군했을 때가 많았지만, 그럼에도 역시 매번 이렇게 몸과 정신을 한계에 몰아붙일 때마다 대단하다고 느껴진다.

가수면 상태.

사실 이게 적용되지 않았으면 이렇게 게임을 하는 것 자체가 불가능했을 것이다. 아니면 정말 게임을 하다가 로그아웃을 했는데 그대로 지옥을 향한 로그아웃이 될 수도 있고.

물론 이렇게 계속 게임을 하는 게 좋지는 않을 것이다.

이렇게 해도 전혀 몸에 무리가 가지 않는다면 누구라도 현실의 삶을 포기하고 하루 24시간을 풀로 활용할 수 있는 가상현실 세계에서 무엇이든 조금이라도 남들보다 앞서 나가기 위한 노력을 했겠지.

당장 수험생들 같은 경우에도 고글사에선 그리 추천하지 않지만 자신의 미래를 위해 한시민처럼 혹은 스페셜리스트처럼 하루의 대부분을 캡슐 안에서 보내며 수면 시간을 최대한으로 줄이려고 노력하지 않는가.

게임 분야를 넘어 캡슐은 인간의 생체 주기와 생활 습관을 바꾸고 있는 중이다.

"더 좋은 캡슐이 나왔으면. 아예 잠을 안 자도 피곤하지 않게.”

그럼에도 인간의 욕심은 끝이 없다.

현재의 캡슐만으로도 게임 내에서 수면에 대한 욕구를 지우는 방법이야 이미 개발되었다고 고글사에서 공식적으로 발표했다.

하나 상용화되지 않는 이유는 하나다.

안전하다고는 해도 혹시 모르니까. 또 현실에서의 삶을 진짜 버리고 게임에서만 사는 사람이 나올 수도 있으니까.

그 대단한 현실성은 진짜 현실을 망각하지 않게 하도록 수면욕마저도 적용시켜 놓았다.

수면을 참는 건 유저의 몫이다. 대신 현실에서는 몸이 상하지만 게임에서는 정신이 힘든 것 하나뿐이라는 점.

사소하지만 절대적인 혜택을 온전히 누리고 싶은 마음은 없는 한시민이 한숨을 내쉬며 마지막 재료를 갖고 오는 마족들을 본다.

한시민이라고 멍해지는 머릿속과 끝없이 요구하는 휴식의 고통을 즐기고 싶겠는가.

편하게 돈 벌어 편하게 놀고먹는 게 그의 인생 목표다.

하나 거기까지 향하는 길은 이토록 힘들다.

그래도 짧게 주어진 휴식 시간을 버리는 대신 아리아의 징징거림을 멎게 하고 가치관을 흔들어 조금 더 편하게 가족이 되는 길로 인도한 것에 만족하기로 했다.

잠이야 뭐.

"죽으면 영원히 잠드는데."

편하게 쉬다가 굶어 뒈지는 것보단 죽기 전까지 일하고 편하게 벽에 똥칠할 때까지 사는 게 여러모로 늙어서 서럽지도 않고 좋지 않겠는가!

한시민이 망치를 쥐었다.

"하아."

깊은 심호흡을 한다.

14강.

제물이 될 재료는 모두 모였다. 이제 남은 건 확인하는 것이다.

"진작 레벨 좀 올려놓을걸."

가지고 있는 총마력.

결코 낮진 않다.

신체 스텟 위주로 찍은 유저치고 95, 아니, 스텟 버프들로 인한 130가량의 스텟이면 무려 25레벨 이상의 스텟을 투자했다는 뜻이다.

상위 랭커들 중 아이템 효과들과 더불어 마력 스텟이 50을 대체로 넘지 않는 걸 생각해 보면 정말 많다.

하나 그건 어디까지나 동일 랭커 기준이다. 한시민은 그런 유저들과 놀 짬밥이 아니다.

지금 그가 강화하려는 건 무려 200제의 에픽 레전더리 등급의 무기.

전설의 레전드 강화사고 뭐고 만져 볼 수 있다는 것만으로도 가문의 영광인 순간에 고작 마력 스텟이 95라니.

13강이 아슬아슬했지만 어떻게든 됐다. 14강은 안 될 거라는 예측은 됐지만 그래도 혹시 모르니 확인만 해보기로 했다.

"마력 지원 좀 해줘."

그의 뒤엔 에피아가 있으니까.

에피아가 고개를 끄덕였다. 흑마력이 그의 몸에 쏟아져 들어왔다.

그가 가진 것보다 10배는 많은 양!

세상에, 대충 바닷물을 퍼다가 휙휙 던져 주는 느낌인데 이렇게나 많다니.

하긴 이렇게 많은 양이니까 그렇게 강력한 힘들이 나오는 것일 수도 있다.

새삼 마계의 최종 보스의 힘을 다시 한번 체감하며 망치를 든다.

그러니까 될 것 같다.

이 정도 마력 양이면 14강이 아니라 15강 할아버지가 와도 마력이 부족해서 실패할 일은 없겠구나.

몸속으로 들어온 흑마력을 환영하며 회전시킨다. 그리고 움직인다.

[짙은 흑마력에 노출됩니다.]

[체력이 감소합니다.]

[방어력이 감소합니다.]

[저항이 감소합니다.]

[움직임이 느려집니다.]

[저주나 역병에 노출될 확률이 높아집니다.]

"……."

자신감 넘치던 망치가 의식도 채 치르기 전에 움직임을 멈췄다.

"야, 야! 그만. 그만."

홍수처럼 밀려오던 흑마력도 공급이 중단되었다.

"안 되는구나."

마왕하고 보통 인연도 아니고 이래 봬도 연인이었던 사이의 후계인데 흑마력 좀 나눠 쓰게 해주면 덧나나.

"덧나냐고!"

덧나나 보다.

인상을 잔뜩 찌푸린 한시민이 한참을 망설이다 내뱉었다.

"사냥이다."

빌어먹을.

세상에서, 아니, 판타스틱 월드에서만큼은 절대 하고 싶지 않았던 것을 하게 되었다.

강제로.

파티가 꾸려졌다. 마왕을 비롯해 최상급 마족들로 이루어진 파티.

오로지 한시민의 쩔을 위한 파티.

그들은 곧장 마계에서 마족들이 쉽게 접근하지 않는 마수들이 살고 있는 곳으로 향했다.

물론 쩔은 쉽지 않다. 이렇게 역대급 파티가 갖춰졌음에도.

이미 밝혀진 바가 있듯 유저가 NPC로 하여금 온전한 경험치를 받기 위해선 파티에 가입하거나 영지에 완벽하게 소속되거나 둘 중 하나의 조건을 만족시켜야 하는데 일단 첫 번째 방법으로는 레벨 차이가 100 이상 나는 마족들을 가입시킬 수가 없다.

"저기, 혹시 잠깐만 내 영지의 기사가 되어주면 안 될까?"

"착각하지 마. 아직 시험 중이야."

"……응."

두 번째야 뭐 말할 것도 없고.

이미 전대 강화사 놈 때문에 계약서에 데인 적도 있고 어느 정도 스토리 퀘스트를 진행해 그에게 후하게 대해주고 있다고는 하지만 결국 그녀는 마왕이다.

순수했던 그 시절, 전대 강화사에 의해 진짜 마족이 된 그녀의 선 긋기는 한시민일지언정 얼른 포기하게 했다.

오히려 이런 이들이 더 철저하다. 기준선을 넘지 않으면 원하는 바를 이룰 수 없다. 해서 그냥 갔다.

마지막 세 번째 방법으로라도 경험치를 꾸역꾸역 먹어야지.

밥상에 숟가락 얹기.

마족들과 에피아가 나서 괴수를 죽기 직전까지 패놓으면 마지막에 막타를 치거나 기여도를 얻는다.

세 가지 방법 중 가장 비효율적이면서 그딴 짓을 하느니 차라리 혼자 레벨이 맞는 몬스터를 잡는 게 더 나을지도 모르겠다는 결과조차 나온 최악의 방법.

하나 별수 있나.

그래도 잡는 괴수들의 레벨이 워낙 높고 한시민의 레벨이 그만큼 낮다는 것에 희망을 거는 수밖에 없다.

그나마 다행인 점이라면 판타스틱 월드는 레벨 차이가 난다고 획득하는 경험치 양을 조절한다거나 하지는 않는다는 것이랄까.

"아, 미친. 이렇게 해서 어느 세월에 올려."

몇 번 해봤으나 암담하게 미동조차 하지 않는 경험치 바에 절망해야 했지만.

분명 많이 오르긴 한다. 하지만 마족을 포함해 최상급 마족들이 잡아주는 몬스터다. 적어도 수십 마리는 잡아야 1레벨이 오를 것 같은데 그럴 시간이 어디 있겠는가.

게다가 이건 레벨 몇 개를 올린다고 해결될 문제가 아니다. 마력이 필요하다. 아주 많이. 적어도 지금의 두 배 이상.

"하아."

또 한 번 깊은 한숨이 터져 나왔다.

역시, 이 방법을 써야만 하는 건가.

사냥은 오래가지 않았다.

한시민이 게임 초창기 때부터, 1년을 넘어 이제는 1년 반가까이 되어가도록 사냥을 포기했었기 때문에 금세 질린 것이 아니다.

효율이 너무 개똥이다. 개똥 수준이면 다행인데 또 하필 그가 끼고 있는 수많은 버프 반지 때문에 상대적 박탈감마저 제곱으로 다가온다.

사냥은 그를 위해 시작했는데 애꿎은 마족들만 강해진

달까.

비장의 카드를 꺼내기로 했다. 사냥을 포기하면서 혹시 모르를 정체기에 쓰고자 마음만 먹었던 그것.

그럼에도 지금까지 단 한 번도 꺼내지 않았던, 앞으로도 어지간해선 진짜 필요할 때가 아니면 쓸 생각이 없었던 그것.

"타이밍이긴 하지."

한시민이 에피아에게 속삭였다.

4

켄지 길드는 한층 추진력을 얻었다.

안 그래도 돈으로 모든 걸 다 하는 켄지가 분위기를 타 본격적으로 돈을 쏟아붓기 시작했다. 그의 영지가 커지고 있는 가운데 전쟁에 공헌도 했고 보상도 받았고, 동시에 그의 이제는 오른팔이라고 볼 수 있는 다이노가 스토리 퀘스트를 진행하며 한시민으로 치면 1차 각성을 완료했다.

불 속성 계열의 마법이 타들어 갈듯 강해졌다. 더해지는 여러 불 속성 계열이 받는 혜택들이나 유틸적인 부분은 천재인 그의 컨트롤과 합쳐져 엄청난 시너지 효과를 냈다.

상황과 관계없이 일단 불 속성 마법만 써도 평소보다 1.5배 이상 딜이 더 나올 정도로 강하다.

오죽하면 강예슬이 가져간 스킬북이 만약 다이노의 손에 들어갔다면 어떤 일이 벌어졌을지에 대한 열띤 토론마저 나오겠는가.

아무리 한시민이 사기라 한들 다이노를 이기지 못할 것이란 결론으로 쏠리는 상황까지 연상되었다.

물론 어디까지나 가정일 뿐이다. 스킬북은 판타스틱 월드에서 단 하나뿐이었고 그건 이미 강예슬이 익혔다.

그걸 어떻게 다시 스킬북으로 만들어낼 기술이 나오지 않고서야 불가능한 미래.

다이노는 아쉬워하거나 후회하지 않고 묵묵히 앞으로 나아갈 뿐이었다.

그 역시 아쉬움이 없는 건 아니지만 이번 기회에 깨달았다.

비록 펜타 캐스팅과 무영창은 없지만 이렇게 스토리 퀘스트를 진행하다 보면 그 불리함을 메울 수 있는 레전더리 등급 직업의 극의까지 도달할 수 있으리라.

그렇게만 된다면 얻지 못한 스킬북 따위는 그의 컨트롤로 극복해 내면 된다.

그렇게 생각하고 더 박차를 가했다.

흑마법사들을 생포함과 동시에 냉철하게 비교하고 판단해 이길 수 있는 영지들을 착실히 정복해 나간다.

전쟁의 연속.

대륙 그 누구도 이렇게 빡빡하게 전쟁을 치르지 않는다.

전력이 우세하다 해도 마찬가지다. 모험가라 다시 살아날 수 있다는 이점만 생각해도 달라지지 않는다. 결국 전쟁은 돈이니까.

유저만으로 치를 수 없다.

전쟁을 한번 하면 수많은 NPC가 죽어 나가고 전쟁을 위한 돈이 필요하고 전쟁을 치르고 나서 영지를 빼앗는다 해도 손해를 면치 못한다.

그럼에도 켄지의 빵빵한 자금이 뒤를 받쳐 주기에 끝없이 영지전을 해나간다.

손해를 봐도 이익을 봐도 켄지는 상관하지 않았다. 지금은 돈을 아낄 때가 아니다.

한시민이 없을 때, 황제의 신임을 받을 때, 그리고 모두의 시선이 집중될 때 최대한 많이 성장하고 얻을 수 있는 것들을 얻는다.

다른 사람들이 돈이 아깝다고 왜 게임에다 저런 짓을 하느냐 손가락질해도 개의치 않았다.

모두 모르는 말이다.

이미 그가 지금까지 본 손해들은 그가 얻은 영지들과 앞으로 그 영지들에서 얻게 될 부수적인 수익들을 계산해 보면 어느 정도 상쇄된다.

판타스틱 월드는 그런 게임이 되었다.

마찬가지로 이런 꿀을 빨기 위해 게임에 인생을 쏟아붓는 똑똑한 자가 늘어날 것이다.

블루 오션.

그것이 붉게 물들기까지는 오래 걸리지 않는다.

치킨 런.

누가 먼저 먹고 알을 박느냐.

켄지는 그 전쟁에 있어 아주 유리한 고지를 점하고 있다. 한 시민이라는 카드와 접선할 수 있는 몇 안 되는 자 중 한 명이니까.

물론 언제든 끊어질 수 있고 다른 자들도 그에게 접근할 수 있다. 그걸 막을 수는 없기에 켄지는 다른 이들보다 더 많은 이익을 취할 수 있는 방법을 항상 연구하고 생각해 왔다.

"저거다."

그리고 그 방법 중 하나인 기브 앤 테이크를 위한 제물이 경매장에 올라왔다.

5

모든 게임은 밸런스를 중시한다. 그것은 유저가 플레이하는 게임이기 때문이다.

유저가 중심이 되는, 플레이하는 유저가 없으면 게임이 망하게 되는, 안타깝게도 자본주의 시대의 결과물.

뭐 그런 이유들을 굳이 갖다 붙이지 않아도 게임에서 밸런싱은 개발자가 가장 중요하게 염두에 두어야 할 문제임은 변하지 않는다.

그게 싱글 게임일지언정, 심지어 지뢰 찾기라도 마찬가지다.

깰 수 있게 해야 한다. 혹은 직업 간 오버 밸런스가 튀지 않도록 개발해야 한다.

어쩔 수 없다. 밸런스가 게임의 완성도를 판가름 짓고 유저들로 하여금 보다 더 큰 재미를 느끼게 해주니까.

물론 쉽진 않다. PC 온라인 시절부터 그래왔지만 모든 게임은 밸런스 문제로 가장 많이 말이 나왔고 또 많은 게임이 그 문제로 망하기도 했다.

어쩔 수 없다. 직업마다 특색이 다르고, 사람들의 취향이 다르고, 유행마다 선호하는 직업 스타일이 다르다.

아무리 완벽하게 맞췄다고 해도 어느 직업이 더 좋아 보이는 건 당연한 일. 실제로 좋아 보이는 직업들에서 더 우월한 부분들이 주목받기도 하고.

그렇게 되면 개발진은 선택을 해야 한다.

상향 평준화를 시킬 것인지 혹은 문제가 되는 직업을 하향시킬 것인지.

대부분의 게임은 후자를 택해왔다. 시대를 풍미했던 AOS 게임부터 시작해 RPG 게임까지.

모든 캐릭터를 상향시키기보단 말이 나오는 캐릭터를 하향시키는 편을 선호했다.

실제로 유저들도 왜 다른 캐릭터들을 상향시키면 되지 한 캐릭터만 하향시키느냐 투덜대면서도 그 문제에 대해선 더 이상 떠들지 않았고.

이를테면 남의 떡이다.

자신이 애정을 들인 캐릭터를 포기하고 싶지는 않고 또 남이 강한 건 꼴 보기 싫은.

그런 사람들이야 모든 캐릭터를 상향한다 해도 결국 자신의 캐릭터가 안 좋아 보일 수밖에 없다. 어찌 됐든 게임에서 모든 캐릭터가 공평할 수는 없는 법이니까.

그런 관습과 전통들은 가상현실 세대로 넘어온다고 해서 달라지지 않는다.

베타고는 조금 다를 수도 있다.

하나 모른다. 베타고 역시 슈퍼 인공지능 컴퓨터이며 판타스틱 월드를 구축하는 데 있어 소비자들의 취향과 운영 방식을 결정하기 위해 전대 PC 온라인 시장의 분위기와 경향을 많은 참고자료로 썼을 테니까.

실제로 그런 부분을 많이 겪지 않았던가.

현실성을 강조해 놓고 실제 현실에서 쓰이는 강화 능력은 발휘하지 못하게 했다.

따지고 보면 그 초능력을 발휘하게 해줄 배경이 받쳐 주지 않는데 베타고가 어떻게든 그의 능력을 배려해 준 것일지도 모르겠지만 그런 사소한 뒷이야기 따위 한시민은 궁금하지 않았다.

중요한 건 베타고 또한 그에게 호의적일 리가 없다는 것이다. 슈퍼컴퓨터니까.

감정 따위가 없는 인공지능이 누구의 편의만 봐주고 누구는 싫어해서 불이익만 줄 리가 없다. 해서 맨날 베타고 욕을 하면서도 하고 싶은 대로 했다.

메인 퀘스트의 줄기가 엉킬 수도 있고 자칫 대륙이 어둠으로 뒤덮일 수도 있음에도 나 몰라라 하고 이익만 챙기기 위해 움직였다. 그것이야말로 판타스틱 월드가 추구하는 현실성이니까.

유저가 자유롭게 행동하고 그 행동 하나하나가 대륙의 운명을 결정짓게 되는 게임.

실제로 베타고는 대륙의 말썽꾸러기 한시민에게 아무런 제재도 가하지 않았고 그런 걸 깨닫기 시작한 이후부터는 베타고에 대한 욕도 많이 줄여 나가고 있는 상태였다.

하지만 그것과 별개로 지금 시도하려는 건 상당히 위험하다.

제아무리 유저를 방치하는 베타고라도 이 부분에 있어선 패치를 할지도 모른다.

일반적인 패치 같은 건 아니다.

서버를 닫고 유저 하나만을 저격해 이 부분을 수정했다는 일방적인 공지 따위도 아니다.

한시민이 처음 강화의 능력을 사용했을 때처럼, 레전더리 등급 직업의 강화사라는 올가미로 묶어 그 능력을 제한하는 식으로 할 것이다.

깊게 생각하지 않아도 쉽게 예측된다. 그만큼 밸런스를 무너뜨리는 행동이 될 것이다.

그래서 안 했었다. 굳이 앞길을 막을지도 모르는 짓을 왜 하겠는가. 안 해도 충분히 강했는데.

하나 이제는 때가 왔다. 1년이 넘는 시간 동안 정체되었던 그의 스텟은 1년이라는 시간 동안 그가 진행해 온 스토리의 수준과 맞물림과 동시에 정체되기 시작했다.

뛰어넘을 때가 왔다.

"후우."

낮은 레벨.

몇 걸음만 걸어도 웬만한 아이템은 전부 명당인 강화의 땅 마계.

그리고 아공간에 예전부터 언젠가 쓸 일이 있으리라 믿고 준비했던 수많은 잡동사니 아이템.

이거면 충분하다.

한시민이 망치를 다시 쥐어 들었다.

세상에 이런 말이 있다.

자고로 꿀은 혼자 빠는 게 제일 달고 꿀단지가 바닥이 날 때쯤은 모두가 보는 앞에서 빨아야 제맛이라고.

거기엔 많은 의미가 담겨 있다.

이미 얼마 남지도 않은 꿀을 남에게 공개함으로써 내가 지금껏 숨어서 얼마나 많은 꿀을 빨았는지 자랑함과 동시에 부러움의 시선들을 받고 싶은 욕심.

그리고 그 조금 남은 꿀마저도 빨기 위해 달려드는 사람들로 인해 진행되는 패치.

앞으로 빨 꿀도 없지만 혹시 저도 모를 꿀이 생길지도 모르는 상황을 사전에 차단하는 것이다.

그렇기에 한시민은 오랜만에 강화 알림을 ON으로 바꾸었다.

강화 초반, 15강 몇 개 한 이후 다른 유저들에게 그의 사기적인 강화 사실을 굳이 알리고 싶지 않은 마음에 꺼두었던 효과.

사실 이제는 끌 필요 없긴 하다. 1년이라는 시간이 흐르면서 그의 직업과 그가 이룬 업적들은 방송을 통해, 수많은 유저의 증언을 통해 알려진 상황이고 초능력이니 뭐니 왈가왈부하는 말들이 있었어도 결국엔 베타고가 별다른 제재를 하지 않았으니까.

저놈은 밥 먹듯 15강을 하는 놈이다.

알 만한 사람은 안다. 해서 망설임이 없었다.

이왕 강화하는 거 온 세상에 공개하자. 공개하고 더 높이자. 강화의 위상을, 또 그의 위치를.

아공간에서 잡템을 하나 꺼낸 한시민이 정신을 집중했다.

"……."

아니, 정신을 집중할 필요도 없었다. 그가 꺼낸 것은 그의 레벨보다 조금 높은, 60레벨대의 방어구.

명당이 느껴지지 않을 정도로 넓다. 그냥 마계 자체가 전부 강화해도 성공하는 명당이다.

그건 불과 몇 시간 전까지만 해도 에피아의 쌍검을 14강 하려고 오만 신경을 다 집중했던 이력마저 있었기에 더 그랬다.

이런 느낌으로 망치를 휘두르면 100%가 아니라 15% 정도의 확률만으로도 성공할 것 같다.

한번 해보자.

전설의 레전드 강화사만의 특권. 그중에서도 한시민만이 할 수 있는!

15강 아이템 공장이 가동되었다.

6

유저들은 평소에 서버 공지 홀로그램 옵션을 꺼두지 않는다. 꺼둘 이유가 없기 때문이다.

아니, 신규 유저들은 물론 어느 정도 게임을 했다 하는 유저들도 이런 게 있는지조차 모르는 사람도 수두룩하다.

어쩔 수 없다. 평소에 보기 힘드니까.

대륙 전체의 유저들에게 홀로그램으로 알려질 만한 소식이 아니면 아예 뜨지도 않는다.

대표적으로 12강 이상의 강화 성공, 레전더리 등급의 아이템 제작 혹은 7서클, 그와 비슷한 등급의 전직 등등 거의 불가능한 업적들만이 유저들에게 축하를 위해 알려진다.

그런 업적들이 지금 게임이 오픈한 지 1년 남짓한 상황에서 풀릴 리가 없다.

한시민에 의해 초반에 잠깐 이런 시스템이 있다는 게 알려지긴 했지만 금세 사라졌고 한동안 조용히 지내왔다.

물론 아예 안 뜨는 건 아니다. 수많은 유저, 수천만이 넘는 유저가 플레이하는 게임에서 12강 이상의 아이템을 만드는 사람이 아예 없지는 않았으니까. 운이 좋든 돈을 많이 투자하든.

어찌 됐든 유저들은 그런 홀로그램들을 보며 감탄하는 걸 즐기면 즐겼지 귀찮다고 시스템 자체를 OFF로 두진 않는다. 그런 유저들에게 오늘 재앙이 닥쳤다.

['시민' 님께서 '+12 강철 판금 갑옷' 강화에 성공했습니다!]

['시민' 님께서 '+13 강철 판금 갑옷' 강화에 성공했습니다!]

['시민' 님께서 '+14 강철 판금 갑옷' 강화에 성공했습니다!]

['시민' 님께서 '+15 강철 판금 갑옷' 강화에 성공했습니다!]

큰 재앙이라 보기는 어려울 수도 있다. 그냥 사냥을 하다 판타스틱 월드를 플레이한 이래 처음 보는 홀로그램들이 줄지어 뜰 뿐이니까.

"뭐야."

"이게 뭐지?"

"헐, 대박. 15강?"

"그 사람인가?"

"근데 원래 이렇게 홀로그램으로 뜨던가?"

하나 판타스틱 월드는 그런 사소한 이슈조차도 사람들 사이에서 화제가 되기도 하는 세상이다.

그냥 그런 사람이 있구나 하며 살아가는 거랑 실제로 시스템에 의해 객관적인 지표가 눈으로 보이는 것이랑은 차원이 다른 느낌으로 다가온다.

['시민' 님께서 '+12 고목나무 지팡이' 강화에 성공했습니다!]

['시민' 님께서 '+13 고목나무 지팡이' 강화에 성공했습니다!]

['시민' 님께서 '+14 고목나무 지팡이' 강화에 성공했습니다!]

['시민' 님께서 '+15 고목나무 지팡이' 강화에 성공했습니다!]

특히 그게 한 번이 아니라면.

두 번, 세 번, 네 번.

어이없는 상황에 사람들은 강화 확률을 다시금 확인한다. 그러곤 놀란다.

"저게 되는 거야?"

"와, 진짜 레전더리 등급 강화사면 저런 게 돼?"

"될 리가 있냐."

"저 사람 게임 초반부터 온갖 컨텐츠는 다 쓸었잖아. 황제랑도 연결되었고 지금은 마계 가서 스토리 퀘스트도 진행 중이라는데. 그래서 그런 거 아냐?”

“아무리 그래도 15강은커녕 12강 강화 성공 확률이 얼만데 저게 되냐.”

“혹시 모르지. 아이템 이름들 보면 다 50레벨에서 70레벨 사이의 것들인데. 레벨 제한이 낮아질수록 강화 성공 확률이 높아진다거나 하는 조건이 붙을 수도 있잖아.”

“와, 그럼 개사기 아냐?”

“그러게. 부럽다. 저런 거 팔면 얼마나 할까.”

“많이 좀 풀리면 가격이 떨어지겠지?”

“그랬으면.”

놀랐지만 누구도 사기라고 버그라고, 오류라고 외치지 않는다.

그런 사람들도 있지만 판타스틱 월드에 적응된 사람들은 그럴 리가 없다는 생각부터 한다. 베타고에게 있어 오류란 존재하지 않으니까.

또 고글이 그러지 않았던가. 베타고의 시선을 피해 만들어 내는 오류의 악용이 있다면 얼마든지 활용하라고.

만약 오류라 해도 지금까지처럼 홀로그램을 숨기고 혼자 활용하면 되는 일이다. 갑자기 이렇게 온 세상에 자신이 버그를 활용한다고 알릴 필요가 없지 않은가.

물론 궁금하긴 했다.

어째서 저럴까. 무슨 바람이 불어서.

호기심에 한시민의 채널을 찾는 사람들이 늘어난다.

때마침 켜져 있는 방송! 시청자도 자연스럽게 늘어났다.

그게 한시민이 노린 것이다.

"막히기 전에 꿀 빨고, 시청자도 빨고, 안 막히면 좋은 거고."

각오를 했을 땐 끝까지 가야 한다.

그가 강화사가 된 이후 숨겨두었던 비장의 카드인데 이 정도는 해먹어야지.

[전설의 업적! 스텟 포인트(32)를 획득했습니다.]

여유 스텟 포인트들이 쌓이는 속도는 레벨 따위를 올리느라 보내는 시간과 감히 비교할 수 없을 정도로 빨랐다.

7

한시민의 강화는 계속됐다.

각기 다른 아이템을 하나씩, 15강까지 차근차근.

이미 일전에 레벨보다 낮은 아이템을 강화하면 받을 수 있는 스텟 포인트에 페널티가 붙어 있다는 사실을 직접 경험했기에 그의 레벨보다 높은, 하지만 그렇게 높지 않은 아이템만을 선별해서 골랐고, 같은 아이템을 반복해서 강화하지 않았다.

그런 사소한 조건들만 신경 써 가며 하니 스텟 포인트는 놀랍도록 많이 쌓였다.

물론 쉬운 건 아니었다.

아무리 마계 자체가 레벨대가 워낙 높은 사냥터라고 해도 15강은 15강이다.

전설의 아이템.

대륙에선 신화 등급이라 불릴 정도로 신이 허락한 자만이 만들 수 있는 것.

그런 것들이기에 역시 제물과 의식은 조금이나마 필요로 했다.

하나 문제 될 것도 없었다. 그에겐 에피아를 비롯해 수많은 마족이 있지 않은가.

물론 그의 부하는 아니다. 일시적이나마 이용하는 관계일 뿐이지만 그것만으로도 충분했다.

이리저리 돌아다니며 스치기만 해도 죽을지 모르는 괴수들에게 한 방씩 어그로나 넣어 하루 종일 50% 올릴까 말까 한 지루한 사냥보다야 몇 시간에 하나씩 뚝딱 15강을 찍어내며 쌓은 3레벨 이상의 레벨 업 효과를 누리는 편이 훨씬 재미있고 보람도 있었으니까.

게다가 무언가 공짜로 얻는, 남들은 다다를 수 없는 유리 천장을 만드는 기분이다.

비록 레벨 업은 포기했지만 언젠가 조금씩 오를 레벨로 인한 스텟 포인트는 아껴둔 느낌이랄까.

뿌듯하다.

그래, 이래야 전투 스킬이라고는 하나도 없는 쓰레기 같은 직업을 할 맛이 나지.

여전히 머릿속에 각인되어 있는 에피아의 전투 장면들은 부럽기 그지없었지만 강화를 통해 올라가는 스텟들은 그를 상쇄시켜 주었다.

더 기쁜 소식은 그렇게 며칠을 강화했는데도 베타고에게서 아무런 제재가 들어오지 않는다는 점이다.

"역시, 이 정도는 버그가 아니다 이거네."

그의 강화 소식을 온 대륙에 알린 가장 큰 이유.

어정쩡하게 하지 말고 완벽하게 빌미를 준다. 만약 이렇게 온 대륙 동네방네 광고하면서 스텟 포인트를 쭉쭉 빨아먹는데도 별다른 반응이 없다면 그건 일종의 허락이다. 해도 된다는.

"……진짜?"

사실 어느 정도 예상은 했다.

지금까지의 판타스틱 월드를 플레이하며 겪은 바에 의하면 이런 사소한, 조건을 이용한 이익 정도는 문제 될 게 없었으니까.

그가 스텟을 얻는 것 또한 마찬가지다.

15강을 만들어 스텟 포인트를 얻는 건 전설의 레전드 강화사만의 특권.

또 무작정 얻는 것도 아니고 그보다 낮은 레벨의 아이템을 강화하거나 중복되는 아이템을 강화했을 경우 얻는 스텟 포인트도 극소량으로 줄어든다.

그런 페널티를 뚫고 얻어내는 것이다. 그럼에도 결과적으로는 다른 유저들에 비해 압도적인 이익을 취할 수밖에 없기에 걱정했을 뿐.

베타고가 결과보다는 과정, 15강이라는 확률을 뚫어낸 것을 인정해 준다는 걸 깨달은 순간 한시민의 무모한, 어쩌면 굴러들어 온 복을 걷어차려고 발악하는 것 같은 액션은 오히려 완벽한 시험의 결과물로 돌아온다.

"이제 알림이는 끄고."

유저들은 다시 한번 한시민이라는 강화사가 강화를 얼마나 잘하는지 깨달았을 것이다.

점점 많아지는 고레벨 유저, 판타스틱 월드에 현실의 건물을 팔아 투자하기를 아끼지 않는 부자들이 연락해 오겠지.

누구도 가질 수 없는 15강. 오로지 한시민만이 만들 수 있는 15강.

알렸으니 그만해도 된다. 과한 건 언제나 안 하는 것만 못하다.

이제부터가 진짜 시작이다. 본격적인 꿀 빠는 시간. 영원했으면 좋겠다는 생각이 문득 들었다.

잡템의 수는 충분하고 강화석의 개수 또한 넉넉했다. 다만 없는 건 시간뿐이다.

"에피아."

"응."

"15강, 언제까지 시간 줄 수 있어?"

"……."

"나 마력 부족하다고. 15강 하려면 이 짓 계속해야 해."

"……."

"세 달?"

"……."

"89일?"

"1주일."

마왕과 마족들이 오로지 한시민을 위해 태어나고 마계를 유지해 가고 있는 건 아니니까.

이마저도 많은 시간을 할애한 것이다.

"어떻게 안 될……."

당연한 말이지만 한시민은 그런 배려에 만족하지 않는다. 어떻게든 조금이나마 더 뜯어먹고자 한다.

에피아는 그런 한시민을 제압하는 아주 훌륭한 방법을 본능적으로 알고 있었다.

"죽고 싶으면 그렇게 해."

"1주일 안에 끝낼게. 1초도 안 남기고."

마음 같아선 평생 스텟을 올리고 게임을 말아먹을 정도로 강해지고 싶다.

하나 세상은 그의 맘대로 되지 않았다.

1주, 거기에 기간을 협상하기까지 1주.

하루에 다섯 개씩 총 70개의 15강 아이템을 만들었다.

"와, 뒈지겠다."

근성의 끝.

이미 일전에 밤을 지새워 가며 강화 제물을 모았던 시간까지 합치면 근 한 달이라는 시간을 마계에서 에피아와 더불어 수많은 최상급 마족들과 함께했다.

"지독한 인간."

"한숨도 안 자고 강화만 했다."

"어떻게 인간이 저럴 수가 있지."

"마족보다 더한 놈."

정이 들 대로 든 사이!

그 시간 동안 마족들이 본 한시민은 괴물이었다. 또 절대 무시할 수 없는 인간이었다.

"저 갑옷과 방어구들……. 심상치 않은 기운들이 서려 있다."

"엄청나다. 마계에서도 쉽게 볼 수 없는 장비들."

"저 정도면…… 방어구를 착용하는 것도 나쁘지 않겠군."

잠을 안 자는 끈기 같은 거야 사실 그리 대단하지는 않다. 인간의 기준에서나 수면은 하루에 몇 시간 이상 꼭 취해야 하는 행위지만 마족들에게 있어 그리 중요한 부분은 아니니까.

죽기 싫으면 몇 날 며칠을 깨어 있는 것쯤이야 당연한 상식이다.

하나 그가 만들어내는 장비들은 그렇지 않았다.

마족의 입장에서 보기에도 하나하나가 엄청나게 대단한 것들이었다.

처음엔 보잘것없었지만 강화가 완료되고 난 뒤엔 감히 무시할 수 없게 된다.

특히 에피아는 더했다.

"……진짜 돌아온 거야? 나한테?"

스토리 퀘스트 완료 조건은 그녀와의 맹약의 증표를 15강 하는 것이다.

하나 그것을 완료하지 않았음에도 에피아는 이미 96.9% 정도 확신하고 있었다.

“에피아, 그래서 말인데. 이제 거의 다 증명도 됐고, 날 위해서 시간을 조금만 더 주면 안 될까?”

“안 돼.”

“응, 안 되겠지. 역시. 베타고 개새끼.”

물론 그런다고 안 되는 게 되지는 않았다. 제재를 걸지 않았을 뿐이지 주변의 환경은 역시 판타스틱 월드, 또 하나의 세상답게 마음대로 되는 게 아무것도 없었다.

어쩔 수 없이 강화를 마치고 다시 작업해야겠네.

불안한데. 왠지 지금 해야만 할 것 같단 말이지.

불안한 마음은 접어두고 슬슬 14강을 준비한다.

굳이 하고자 한다면 방법이야 있긴 하다.

여기서 도망치는 것.

목숨을 걸고 도망쳐서 스텟을 조금이라도 더 올릴 수 있다면 손해 보는 장사는 아니다.

하지만 과연 에피아의 손에서 도망칠 수 있을까에 대해 생각해 보면 굳이 시도하지 않아도 될 것 같다.

게다가 이건 그냥 스토리 퀘스트도 아니다. 대륙으로 돌아갈 수 있는 마지막 희망을 거래하기 위한 자격을 증명하는 자리다.

아마 한시민을 전대 강화사로 거의 확신하는 에피아가 그를 내칠 확률은 거의 없지만 괜히 무모한 도박을 하는 것은 좋지 않다.

스텟도 얻을 만큼 얻었다.

"3,752개."

사실 더 욕심낼 필요도 없을 만큼 많은 수치긴 하다.

진짜 보통 게임이었으면 당장에라도 어떤 핑계를 갖다 붙여서라도 회수해도 이상하지 않을 만큼.

단순 유저들의 레벨 업으로 얻을 수 있는 스텟 포인트로 환산하면 무려 650레벨이 넘는다.

물론 스텟이라는 게 아이템에도 붙고 직업 특성으로 올라가기도 하고 업적으로도 오르고 기타 등등 올릴 수 있는 방법이야 시간이 흐르며 많이 나오고 있다고는 하지만 그렇다고 해도 엄청나다.

당장 이 스텟을 전부 투자하면 눈앞의 에피아와 1:1로 맞짱 정도 떠서 이길 수 있지 않을까 하는 궁금증이 생길 정도로.

정말 이길 수 있다면 꺾는 것도 나쁘지 않은 선택이다. 강자존은 단순히 마족에게만 적용되는 사항은 아닐 테니까.

하나 한시민은 생각만 할 뿐 선택하지는 않았다.

마찬가지로 굳이 마왕 한번 해보겠다고 미지의 세계에 몸을 던질 필요는 없다.

또한 언제나 말했듯 그의 기반은 대륙에 있다. 마계에서 마왕이 된다 한들 뭐 하겠는가. 여긴 현금으로 전환하기 위한 구매자가 없다.

"간다."

해서 순순히 14강을 위해 움직였다.

긴 시간이 걸렸다. 그만큼 빠르게 끝내주리라.

마력에 쿨하게 1,000포인트를 투자했다.

이 정도면 충분하겠지.

커뮤니티를 통해 얻은 정보에서는 대략 마력 수치 500 이상이면 5서클 마법사 정도는 된다고 했다.

레벨로 따지면 대략 70, 빠르면 50.

모든 스텟 포인트를 마력에 투자한다는 가정이니 1,000은 마법사들에게도 거의 100레벨이 넘는 세팅.

서클로도 7서클이다.

그 정도면 고작 강화 따위를 하는 데 필요한 마력은 충분하고도 남으리라.

실제로 스텟을 찍자마자 마력이 넘쳐흘렀다.

이전에 가지고 있던 마력도 한시민의 입장에선 그리 적은 게 아니었는데 막상 늘어난 마력량을 느끼니 지금껏 얼마나 적은 마력으로 싸워왔는지 새삼 깨달을 수 있었다.

"……?"

하나 부작용도 있었다.

[마력 수치 1,000에 도달합니다.]

[한계에 막혀 스텟 포인트를 투자할 수 없습니다.]

[순수 스텟 포인트로 올릴 수 있는 마력 수치는 1,000입니다.]

[1차 마력 각성이 필요합니다.]

영문 모를 홀로그램들이 그의 시야를 가렸다.

유저들은 아직 모르는 시스템이다.

하지만 판타스틱 월드엔 그런 시스템 따위 겪어보지 않아도 추리해 낼 수 있는 능력자가 많다.

밥 먹고 판타스틱 월드의 역사서만 들여다보는 사람들!

유저 수가 3천만을 향해 가는 가운데 베타고의 세계관을 낱낱이 파헤치고 싶어 하는 사람이 없을 리가 없다.

그리고 그런 사람들과 더불어 판타스틱 월드의 시스템을 연구하고 유저들이 모르는 점들을 파고들어 정보를 공유하며 그 조회수와 광고 수익을 통해 먹고사는 사람의 수도 상당하다.

역사를 유추해 퀘스트를 발굴한다!

웃기는 소리 같지만 실제로 많은 에픽 퀘스트나 등급이 높은 퀘스트들은 이런 식으로 발굴되어 유저들에게 뿌려졌다.

물론 공짜는 아니고 적절한 값을 치렀지만 그를 통해 얻는 정보들이 결코 하찮지 않음을 증명한 셈!

그들이 올린 자료 중 하나가 한시민의 눈길을 끌었다.

—스텟에 관한 고찰. 현실성 넘치는 판타스틱 월드, 과연 한계 스텟이란 게 존재할까?

한계 스텟이란 존재하는가.

이는 아주 가벼운 의심에서부터 시작되었다.

만약, 아직 오픈한 지 1년 남짓한 게임일 뿐인 판타스틱 월드지만 여타 PC 온라인 게임처럼 5년, 10년, 15년 이상을 장수 게임으로 연명하게 될 경우 유저들은 얼마나 강해질 수 있을까에 대한 의문.

당연한 의문이었고 궁금증이었다.

애당초 가상현실이 생활에 안착되기 시작한 그때부터 수많은 사람이 상상하고 물어왔던 질문이니까.

인간이 인간의 한계를 뛰어넘을 수 있을까. 그리고 그걸 직접 몸으로 체감하고 컨트롤하는 날이 올까.

물론 지금도 일부, 아니, 대다수의 유저는 현실의 본인 몸보다 훨씬 좋은 스펙의 캐릭터를 움직이고 활용한다.

하지만 그건 어디까지나 허용 범위 수준 내에서의 스텟이다.

영화에서나 보던, 그리고 NPC나 가지고 있는, 먼발치에서나마 보던 초인들의 움직임을 재현해 낼 수 있겠는가.

가장 빠르고 실전적인 실험을 할 수 있는 수치는 역시 민첩이었다. 한계치까지 찍었을 때 가장 위험부담 없이 원하는 실험 결과를 얻어낼 수 있는 스텟.

기준은 이미 증명된 바 있는 5서클의 마력 스텟 수치인 500으로 잡았다.

현재 유저들 가운데 민첩 스텟을 500 찍을 수 있는 자는 손에 꼽을 정도로 적었지만 찾는 게 불가능한 일은 아니었다.

판타스틱 월드는 넓고 모든 스텟을 민첩에만 투자한 유저가 없지는 않았으니까.

레벨 70. 아이템마저 모두 민첩 스텟에 올인한 유저를 찾을 수 있었다.

그의 민첩 스텟은 583이었고 그 움직임은 평범한 저레벨 유저들의 입장에선 정말 눈에 잔상만 보일 정도로 빨랐다.

하지만 그게 끝이었다.

그것으로는 부족했다.

한계 스텟. 인간의 한계를 뛰어넘는 결과를 확인하고 싶었다.

아쉽게도 유저들 가운데 그게 가능한 이는 없었다.

해서 역사서를 뒤졌다.

판타스틱 월드는 유저들에게 있어 새로운 세상이지만 이곳에서 살던 대륙인들에겐 수천, 수만 년 이상을 이어온 터전이며 이 땅에선 그만큼 수많은 일이 일어나고 기록되어 있었으니까.

그렇게 몇 주를 역사서 더미에 파묻혀 살다 발견했다.

정확한 수치는 알아내지 못했다. 하나 표본도 적은 개인적인 실험보다는 훨씬 가치 있는 자료들을 찾을 수 있었다.

한계 스텟.

그것은 존재했다.

원하던 결과, 유저가 시간이 흐르고 레벨을 무한히 올렸을 때 인간의 한계를 뛰어넘는 힘을 낼 수 있을까에 대한 궁금증을 해결할 수 있는 자료였다.

그곳엔 그렇게 적혀 있었다.

요약하자면, '가능하되 불가능하다'.

레벨을 올리면 가능하지만 직업에 따라 제약이 걸린다.

설명하자면 이렇다.

기사는 신체 스텟의 상승이 한계 이상으로 가능하지만 일정 수치 이상은 불가능하다. 마법사는 마력 스텟의 상승이 한계 이상으로 가능하지만 신체 스텟은 불가능하다. 간단하지만 원천적인 논리다.

이마저도 현실성을 부여한다는 사실에 놀라웠다.

동시에 아쉬웠다. 만약, 정말 20년 뒤에도 판타스틱 월드가 존재한다면, 지금처럼 또 하나의 세상으로써 유지되고 있다면 하늘을 날아다니며 드래곤들을 이끄는 마검사나 홀로 수백만의 적군 사이에 파고들어 화려한 마법을 쏟아내는 마법사를 영화나 소설이 아닌 게임에서 실현해 낼 수 있었을 텐데.

아쉬웠지만 한편으로는 또 한 번 감탄했다.

유저뿐 아니라 NPC들마저도 판타스틱 월드의 틀에서 벗어나지 못하는구나.

그리고 역사서가 말해주는 정보들의 가치를 한 번 더 증명해 주는 실험이었다.

이를 토대로 앞으로는 한계 스텟의 구체적인 수치를 알아볼 예정이다.

인간이 낼 수 있는 스텟의 한계. 그곳은 어디일까.

"……미친."

글을 정독한 한시민이 인상을 잔뜩 찌푸렸다.

혹시 졸려서 잘못 읽은 건 아닌지 하는 마음에 다시 읽지는 않았다.

긴 글을 읽는 건 학창시절에도 하지 않았던 짓.

판타스틱 월드에서 그에게 도움이 되는 정보가 아니었다면 세 줄 요약조차도 읽지 않았을 것이다. 그럼에도 머릿속에서 맴도는 긴 글 속의 정보들은 쉬이 그에게서 벗어나지 못했다.

한시민은 공부하기를 싫어한 거지 멍청하진 않다.

자신만의 생각일지도 모르겠지만 어쨌든 글의 내용과 요점은 명확하게 파악했다.

"그러니까 결국 난 무슨 짓을 해도 천 이상의 스텟 포인트를 올릴 수 없다는 말이잖아."

글에는 한계 스텟이 얼마인지에 대한 내용은 없었다.

하지만 한시민은 이미 경험하지 않았던가.

홀로그램이 친절하게 알려주기까지 했다.

거기다 1차 각성이니 뭐니 하는 걸 보면 천을 넘긴다 해도 그다음에 1,500이든 2,000이든 다음 각성에 의해 막히는 순간이 온다는 뜻이다.

이건 한시민뿐 아니라 다른 유저들에게도 공통적으로 적용되는 말이겠지.

중요한 건 다른 유저들의 사정 따위는 한시민에게 중요치 않다는 것뿐이고.

"1차 각성은 어떻게 하는데."

억울한 마음에 중얼거려 보지만 베타고는 답이 없었다. 알려줄 생각도 없겠지만 한시민도 답은 이미 알고 있다.

"그냥 여기까지만 찍으라는 말이네."

그나마 다행인 점이라면 스텟으로 찍는 1,000개의 포인트를 제외하고 아이템, 스텟 버프로 상승하는 포인트들은 별개로 따진다는 것이랄까.

마력을 1,000까지 찍고 종합되는 스텟으로는 대략 1,300이 조금 넘었다.

좋아해야 하는 건지 아닌 건지.

분명한 건 억울하다는 것이다.

"시바. 이러면 모든 스텟 버프를 찍는 의미가 없잖아."

없진 않다.

천이라는 스텟이 결코 낮은 것도 아니고 퍼센트로 올라가는 모든 스텟 버프는 한계에 막혀 있는 한시민의 스텟을 그나마 더 높여주는 유일한 효과일 수도 있으니까. 단지 최종적으로는 한계에 막힌다는 사실이 황당할 뿐이다.

"직업에 따른다고 했지."

암담한 현실에도 한시민은 얼른 정신을 차리고 수습에 들어갔다.

혹시 모른다.

인생은 예상치 못한 곳에서 변수가 발생할 수 있는 다이내믹한 삶의 현장이다.

그가 가지고 있는 직업은 강화사와 테이머.

강화사야 보나 마나 행운 스텟에 대한 각성을 할 수 있을 게 뻔하고 남은 희망은 테이머.

"테이머면…… 마력 아니야?"

마력이다. 아무리 생각해도 마력이고 또 마력이다.

힘, 민첩, 체력.

그딴 걸 찍는 테이머가 세상에 존재할 리가 없지 않은가.

행운…… 에 있어서는 살짝 고개가 갸웃하지만 마력과 비교하면 두말할 나위 없이 마력이다.

"마력이 국력이다."

희망이 생겼다. 마력 1차 각성에 대한 실마리를 찾은 것 같다.

"……."

물론 어디까지나 꿈일 뿐이다.

할 수 있으리란 생각만 들 뿐이지 어디서 어떻게 해야 하는지는 그 누구도 알려주지 않았다.

해서 일단 보류했다. 스텟이 2,757개나 남았음에도 찍지 않기로 했다. 어떻게 될지 모르니까.

일단 1,000의 마력 스텟만으로 강화를 진행하기에는 전혀 부족함이 없다.

먼저 발등에 떨어진 불들부터 해결을 좀 하고.

안 그러면 저 찌릿찌릿한 눈빛으로 째려보고 있는 에피아에게 조만간 온몸이 갈기갈기 찢겨 나갈 것 같으니까.

"강화 들어갑니다. 메스."

한시민이 망치를 들었다.

9

14강 의식은 화려했다.

"……저기 에피아."

"응."

"나 좀 높이 띄워줘. 한 100m 정도……."

에피아의 도움이 필요할 만큼.

한시민의 부탁에 그녀는 기꺼이 한시민의 옷을 잡은 채 그대로 위로 던져 버렸다.

어떠한 사전 동작 없이 그냥 순수한 그녀의 힘만으로 벌어진 일.

거기에 살짝 더해지는 흑마력은 한시민의 말이 채 끝나기도 전에 하늘 높이 사라져 버리는 결과를 초래했다.

10초, 20초, 30초.

1분이 지나도록 보이지 않는 한시민의 모습에 스페셜리스트가 살짝 걱정했지만 걱정은 오래가지 않았다.

"으아아악!"

한참 뒤에 들려오는 그의 비명과 서서히 커지는 그림자.

하늘에서 그대로 추락하는 기분을 땅에서도 느끼게 해줄 만큼 생생한 비명과 함께 몇 초 지나지 않아 그대로 땅에 처박힌다.

쾅!

그리고 울려 퍼지는 커다란 충격음. 그사이에 섞여 들어가는 쇠와 망치의 마찰음.

"으윽. 힐!"

"어, 오빠."

아끼겠노라 다짐했지만 이대로 떨어졌다간 죽을지도 모른다는 생각에 500여 개의 스텟을 얼른 체력에 투자한 한시민이 널브러진 채 중얼거렸다.

신의 한 수였다.

스텟 포인트 따위 아껴서 뭐 하겠는가. 당장의 죽음을 앞에 둔 자에게 아끼고 자시고 할 게 없었다.

다행이라면 그렇게 목숨을 걸고 내던진 망치가 제대로 모루에 적중했다는 것이겠지.

"……두 번만 더."

안타까운 점이라면 이런 짓을 더 해야 한다는 것. 그리고 이 의식은 이제 시작일 뿐이라는 것.

모든 의식을 치렀다.

명당 주변에 성한 땅이 없을 정도로 온갖 발광이 오갔다.

당장 한시민의 꼬락서니만 봐도 알 수 있다.

"누가 보면 혼자 마왕이랑 마족 전부 상대한 줄 알겠다."

강예슬의 말이 신빙성을 가질 정도로 말이 아니었다.

"후욱. 후욱."

실제로 행색뿐 아니라 한시민은 지쳐 있었다.

"이거 하고 딱 하루만 쉬고 와야겠다."

정신적인 피로도 피로인데 몸도 너무 힘들다. 결국 몸 또한 가상현실의 한시민이니 정신적으로 연결되겠지만 아무튼 쉬어야 할 것만 같았다. 그렇게라도 목표를 삼아야 버틸 수 있을 것 같다.

마지막 남은 한 번의 망치질.

집중한다.

또 긴장한다.

지금까지의 과정은 아무것도 아니라는 게 허언이 아닐 정도로 중요한 순간이다.

72%.

손이 떨리고 뇌가 정지되는 확률.

될까.

침이 절로 삼켜진다.

강화를 무조건 성공할 수 있게 된 이후로는 처음 겪는 확률이다.

평소였으면 하지 않았을 것이다.

분명 높은 수치, 아이템의 스펙과 지금 그의 레벨을 생각해보면, 또 14강으로 향하는 강화임을 판단했을 때 거의 날로 먹는 수준임에는 변함이 없다.

하지만 실패할 확률이 너무 크다.

그냥 해보고 안 되면 말고 할 수준이 아니다.

게다가 이 무기는 세상에 하나뿐이 없는, 에픽 레전더리 등급의 무기다.

무려 마왕의 무기.

실패하고 90%의 확률로 터지는 순간 한시민의 게임 인생 역시 여기서 종 칠 가능성이 상당히 크다.

그 부담감은 누구라도, 심지어 한시민이라도 감당하기 쉽지 않다.

"후우."

그래도 눈을 감고 명상한다.

어차피 해야 하는 것이다. 선택을 할 수 있었으면 진작 포기하고 이런 피곤한 짓을 하고 있지는 않겠지.

준비는 열심히 했다.

남은 건 행운이다. 그렇게 생각하니 또 평소엔 생각도 않던 행운 스텟이 갑자기 마음에 걸렸다.

"아이, 씨."

생각하지 않았다면 모를까 이미 머릿속에 떠오른 것을 무시하고 하자니 찝찝했다.

그렇다고 스텟 포인트를 행운에 투자해야 하나.

1차 각성인 1,000까지 올리려면 무려 712개나 투자해야 하는데.

"……."

고민은 잠시였다.

강화에서 가장 중요한 것은 흐름이다.

분위기, 느낌.

아깝지만 스텟을 투자한다.

그래, 명색이 강화사인데 행운 스텟이 높아서 손해 볼 건 없겠지.

베타고가 아무짝에도 쓸모가 없는 걸 다섯 개밖에 없는 스텟 중 하나에 넣었을 리도 없고.

위로를 하며 함께 스텟을 찍었다.

[행운 수치 1,000에 도달합니다.]

[한계에 막혀 스텟 포인트를 투자할 수 없습니다.]

[순수 스텟 포인트로 올릴 수 있는 마력 수치는 1,000입니다.]

[1차 행운 각성이 필요합니다.]

여기까지는 이미 두 번이나 보았다.

[1차 행운 각성을 완료했습니다.]

[순수 스텟 포인트로 올릴 수 있는 행운 수치가 1,500으로 확장됩니다.]

"……응?"

하나 다음에 나오는 홀로그램은 낯설었다. 그리고 새로웠다.

10

그것뿐만이 아니었다.

필사적으로 집중을 놓치지 않기 위해 노력했지만 계속되는 홀로그램들은 한시민의 눈을 어지럽히기 충분했다.

[1차 행운 각성 효과가 적용됩니다.]

[강화 확률이 1% 상승합니다.]

[강화 성공 시 특수 옵션 추가 확률이 2% 상승합니다.]

[강화 성공 시 일정 확률로 강화 효과 상승 확률이 2% 상승합니다.]

[강화 성공 시 진화 확률이 1% 상승합니다.]

[강화에 필요한 마력량이 5% 감소합니다.]

하나같이 엄청난 옵션들이다.

물론 한시민은 이미 많은 퍼센트를 쌓아두었지만 그래도 받으면 이익이 되었으면 되었지 결코 손해가 날 일 없는 강화사의 꿀 옵션들.

더군다나 기본적으로 15%의 강화 성공 확률이 더해져 72%인 상황에서 1%의 추가는 그 어느 때보다 반가울 수밖에 없었다.

그러면서 새삼 지금까지 열심히 살아왔다는 것에 대해 감사하는 시간을 갖게 되었다.

"강화 성공 확률 15% 없었으면 57%였다는 말이잖아."

이제는 73%가 되었지만 어쨌든 만약 57%의 성공 확률로 강화를 하라고 했으면 진심으로 그냥 죽는 걸 염두에 두었을지도 모른다.

차라리 포기하면 에피아가 괘씸죄로 한두 번 죽이고 끝내줄지도 모르니까. 그러다가 죽어서 혹시 대륙으로 넘어가게 된다면 개이득이고.

하지만 그냥 강화했다가 터지기라도 한다면.

사지를 갈기갈기 찢어서 죽이는 건 애교고 만약 대륙으로 넘어간다고 해도 그녀의 영원한 사랑인 전대 강화사의 영혼이 담겼다고 믿는 쌍검을 터뜨린 한시민을 평생 지옥에 빠뜨려 소멸시키기 위해서라도 대륙 침공을 할 것이다.

그런 책임이야 뭐 그리 부담되지는 않는다. 하나 그로 인해 파괴될 리치 영지와 이제 곧 개장할 리치 카지노는 생각하기도 싫다.

"투자하길 잘했다."

이런 쓸데없는 스텟에다 무려 700개가 넘는 스텟 포인트를 투자해야 하나에 대한 자괴감은 어느새 보람찼던 투자의 시간들로 탈바꿈되어 있었다.

세상의 이치다.

고작 1%를 올렸을 뿐이지만 기분 자체가 달라졌다. 뭔가 1% 오른 것으로 실패할 수도 있던 게 성공할 것만 같다.

강화하는 이라면 모두가 공감할 만한 이야기다.

실제로도 그렇다. 14강 정도 되면 1%가 아니라 0.1%를 올리기 위해서 수천만 원을 쓰는 사람도 있을 것이다.

특히 판타스틱 월드라면, 아이템 가격이 현실보다 비싸게 책정되는 이 세상이라면 더더욱.

강화의 신이 축복해 주는 이때, 신 따위는 개뿔 믿지도 않는 한시민이 날아올랐다.

마지막 순간, 초심을 되찾았다.

"간결하게. 아무 생각 없이."

이 세상에는 존재할 수 없을 것 같았던 한시민의 진지한 모습. 그와 함께 특별함 없는 망치질이 가볍게 내려쳤다.

탕!

[강화를 성공했습니다.]

본 게임의 시작이었다.

Episode 51.

마계의 전설(2)

천왕은 오랜 고민 끝에 결론을 내렸다.

"구해온다."

비록 혼란스러웠지만 천왕은 아리아를 믿었다.

아니, 믿고 싶었다. 해서 구해온다는 명목으로 마계로 향할 천족들을 구성했다.

"전면전도 불사하되 아리아의 구출을 최우선으로 삼는다."

일명 아리아 구출 작전!

뭔가 비밀스럽고 특공대 같은 느낌이 물씬 풍기지만 실상은 전혀 달랐다.

대규모 군대!

에피아와 마주했던 수만의 마족을 보듯 수만의 천족이 모였다. 그마저도 완벽한 전면전이 아니기에 숫자를 줄인 것이다.

마계와는 다르게 천왕을 중심으로 절대왕정이 설립되어 있는 천계이기에 가능한 일.

반절 이상이 중급 천족으로 구성되어 있는 점으로 보았을 때 설사 정말 전면전이 일어나도 절대 꿇리지 않을 전력이다.

그럼에도 천왕의 분위기는 진지했다. 전력은 막강했지만 그는 마계 역시 마찬가지일 것이다.

게다가 마계는 마족들의 본거지다.

똥개도 자기네 집 앞마당에선 반쯤 먹고 들어가는데 마족들은 어떻겠는가.

특히 마족들은 대륙 침공이나 그들의 집이 침략당할 때 단결력은 말로 표현할 수 없을 정도로 돈독하다.

그를 위해 만반의 준비를 갖춰야 했다.

가장 중요한 건 역시 기밀 유지였다.

"알아채기 전에 최대한 깊숙이 침투한다."

신의 갑옷과 무기로 무장한 천왕이 움직였다.

천계에서 마계로 향하는 방법은 한 가지다.

차원의 경계, 그곳을 통해 넘어가는 것.

이를테면 국경선이다. 아니, 좀 더 구체적으로 말하자면 비무장지대.

당연히 그곳은 수많은 마족과 천족이 지킨다.

국경선을 넘어 비무장지대로 진입하는 순간 전쟁 선포임을 이미 수만, 혹은 그 이상의 시간 동안 암묵적으로 동의한 채 흘러왔다.

그런데 그런 장소를 천왕이 넘어가려는 것이다.

시간이 금.

비무장지대를 얼마나 빠르게 넘어가느냐에 따라 작전 성공 여부가 결정된다. 그들의 목표는 마족들의 제거가 아닌 아리아의 구출이니까.

적어도 아리아가 있는 곳까지 도달하고 무엇이든 해야 한다. 그 전에 발각되고 마족들에 의해 시간을 조금씩 끌리다 보면…….

"작전은 실패다."

그렇게 되지 않기 위해 은밀히 왔다.

비무장지대가 워낙 넓어 천족의 영역까지 마족들의 시선은 닿지 않기에 경계선에 최대한 가까이 다가갔다.

그리고 달렸다. 말이 달렸다지 눈에 보이지도 않을 속도로 날아간다.

파파팟—

동시에 하늘에서 온갖 흑마력 폭풍이 몰아치며 공격들이 쏟아진다.

비무장지대임을 감안했을 때 마족들이 어떠한 비겁한 수를 써놨는지 여실히 증명되는 예.

하나 천왕을 비롯한 천족 그 누구도 당황하지 않았다. 태어난 이래 단 한 번도 밟아본 적 없는 땅일 게 분명한 이들이 반 이상임에도.

이미 들었으니까. 또 천족들 역시 마찬가지의 조치를 마계의 경계선에 해놨으니까.

“무시하고 간다!”

흑마력의 폭풍에 맞서 신성력의 폭풍이 휘몰아친다.

하늘에서 쏟아지는 공격들을 최소한으로만 방어하며 날아가는 속도를 늦추지 않는다.

과연 천족! 그리고 그 왕!

넓은 비무장지대를 벌써 반이나 지났다. 순식간에.

그때부터 슬슬 등장하기 시작했다, 마족들이.

나타난 마족들은 날아오는 천족의 수를 보며 놀란 표정을 지우지 못했다.

그럴 수밖에 없다. 생각보다 너무 많은 양이지 않은가.

그들의 역할은 마왕에게 비무장지대에 침범한 천족들의 소식이 알려지기까지 잠시나마 시간을 끄는 것이다.

한데 이 정도 숫자면 시간을 끌기는커녕 뭘 하기도 전에 지나가는 발길에 치여 바로 생을 마감할 것이다.

그럼에도 마족들은 그 찰나의 순간에 마음을 다졌다.

죽는 한이 있어도 주어진 임무를 수행하리라.

마음을 먹은 마족들이 그대로 수만의 천족에게 달려들었다.

그 숫자는 기껏해야 수십.

계속해서 몰려들고 있지만 선발대는 그렇게 무리 속으로 사라졌다.

그리고.

콰콰콰콰쾅!

한 몸을 던져 단 1초의 시간이라도 벌기 위한 마족들의 희생 또한 시작되었다.

에피아에게 소식이 전달되었다.

"마왕님, 천왕을 포함한 천족들이 마계에 진입했다고 합니다."

"저 천족 계집을 구하러 왔나 보네?"

"그런 것 같습니다. 그 숫자가 만이 넘는다고 합니다."

"흐음."

놀랄 만한 소식이다. 이렇게 갑작스럽게, 어지간해선 마계와는 엮이기조차 싫어하는 천계가 직접 천왕까지 나서서 마계로 넘어오다니.

"어지간히 아끼는 천족인가 보네."

에피아의 흥미로운 시선이 팔짱을 낀 채 불만스러운 표정으로 한시민을 하루 종일 노려보는 아리아에게 향했다.

천족 주제에, 그것도 상급 천족이면서 마왕의 무기를 강화하고 있는 인간에게 큰 거부감을 보이지 않는다.

그것만 해도 마족의 입장에선 이미 천족이 아니게 보일 수밖에.

그런 그녀를 천왕 또한 보게 된다면 어떤 표정을 지을까.

궁금해졌다.

정작 아리아는 아니라고 할 수도 있다. 실제로 지금도 어떠한 계약에 의해 묶여 있는 듯한데도 한시민을 못마땅한 눈빛으로 보고 끊임없이 잔소리를 하고 있었으니까.

하지만 그게 전부다.

진짜 천족이라면, 그것도 철저히 길들여진 상급 천족이라면 목숨을 걸고 죽는 한이 있어도 달려들 것이다.

해서 웃었다. 여유로운 미소였다.

"알려줘. 이곳, 천족 계집이 있는 여기."

"예, 마왕님."

"너무 쉽게 알려주면 시시하니까 적당히 마계 구경도 좀 시켜주고."

"무슨 말씀이신지 알겠습니다."

여유로운 만큼 사악했다. 그런 그녀의 두 손엔 14강을 의미하는 짙은 연두 오라를 뿜어내는 쌍검이 쥐어져 있었다.

에피아가 덩그러니 놓여 있는 모루를 본 뒤 하늘을 보았다. 허공을 주시하는 그녀의 눈빛엔 그리움이 가득했다.

"빨리 돌아와. 보고 싶어."

마지막 한 단계. 한 계단만 오르면 수백 년의 기다림의 끝이 온다.

마음 같아선 지금이라도 확신하고 그리움을 마음껏 표출하고 싶었지만 그럴 순 없다.

잠깐 하루만 쉬고 오겠다며 한시민이 나간 지 10분도 채 되지 않은 상황에서의 애절함이었다.

11

바로 15강을 갈 수도 있었다. 하지만 한시민은 그러지 않았다.

"와, 시바. 미치겠네."

잠도 오지 않아 오랜만에 외출까지 했다.

날씨는 2월의 추위를 여과 없이 한시민에게 안겨주었지만 이미 수백억 자산을 이룬 한시민의 온몸을 둘러싼 포근한 옷들은 그런 추위를 시원함으로 만들어주었다.

주어진 휴식 시간은 24시간. 더 쓰고자 한다면야 할 수 있겠지만 길게 끌 생각은 없었다.

벌써 2주 넘게 제대로 잠을 자지 않았기에 당장 눕는 게 좋아 보였지만 그러지 않고 한강으로 향했다.

자고 싶어도 잠이 오지 않는다. 14강 할 때의 그 떨림과 긴장이 아직까지 온몸의 신경을 자극하고 있기 때문.

"이래서 도박을 하는 거구나."

비록 그의 아이템은 아니었지만 그때보다 더 떨렸다.

90%가 넘는 확률로 15강을 가던 때와는 차원이 다르다.

73%.

확률이 늘었다는 위안을 삼았다고 해도 떨리지 않았을 리가 없다.

0.3%에도 터지는 게 수두룩한 강화의 세계에서 27%는 정말 당장 한 방에 실패해도 누구에게 하소연할 수도 없는 수치니까.

게다가 한 번도 아니고 연속 두 번이었다.

명당을 옮기고 제물을 세팅하고 의식을 진행하기까지 시간이 조금 걸렸다지만 그 긴장을 연속으로 두 번이나 감당했고 결국 성공시켰다.

"후우."

싸늘한 겨울바람이 강을 타고 불어온다.

공기에 노출된 얼굴에 닿는 찬바람과 옷 안에서 형성되는 따뜻한 공기의 콜라보!

정신이 확 든다.

"오빠!"

그와 함께 들려오는 발랄한 목소리. 강예슬이 라면 두 개를 들고 뛰어왔다.

"안 졸리냐."

"졸려. 그래도 오빠가 한강 온다는데 어떻게 혼자 보내겠어?"

"……."

"한강에선 역시 라면이지."

"추워죽겠는데."

"그러니까 추우니까 뜨끈한 라면 국물 마시고 저기서 좀 쉬다가 가면 되지 않을까?"

마찬가지로 다크서클이 턱밑까지 내려온 강예슬이 피곤한 티를 내지 않고 도로변을 향해 손가락을 가리켰다. 그곳엔 쉴 만한 어떠한 것도 없었지만 이미 그녀의 말투에선 쉴 장소가 은근슬쩍 묻어 있었다.

한시민이 고개를 저었다.

"너 그러다 혼삿길 막혀, 인마."

"괜찮아. 오빠한테 시집갈 거니까."

왠지 이 라면도 먹어선 안 될 것 같은데.

동시에 피식 웃음도 났다.

"귀엽네."

다크서클이 턱밑까지 내려옴에도, 화장조차 하지 않은 얼굴임에도 묻어 있는 귀여움과 예쁨의 조화는 그 어느 남자가 와도 거부할 수 없는 매력이었으니까.

12

한시민이 돌아왔을 때 분위기는 뭐랄까, 조금 묘했다.

"뭐야, 이 거지 같은 분위기는."

말로 표현할 수 없는 묘한 분위기. 별말은 않고 있지만 왠지 모르게 부담을 주는 것 같달까.

"뭘 야려, 이 새끼들아."

"……."

한시민은 그 부담감을 여과 없이 표현했다.

어차피 에피아의 심기만 건드리지 않으면 된다. 그녀가 지켜주는 한 그 밑의 최상급 마족들이야 그녀의 앞에서 한시민에게 대놓고 해코지할 일은 없을 테니까.

마족 특유의 결투 신청이니 뭐니는 마족이 아닌 한시민에게 적용되지 않을 테고.

어쨌든 들어오자마자 쏟아지는 관심에 화를 내도 달라지는 건 없었다.

마족들은 그의 허세가 결국 그들에게 실질적인 위협으로 다가오지는 않는다는 걸 이미 한 달이라는 시간을 함께하며 깨달았다. 실제로 보잘것없는 힘도 괴수들을 잡으며 드러났고.

그냥 에피아의 백을 믿고 소리치는 그의 외침에 겁을 먹을 필요는 없다. 강화하며 보이는 진지한 모습은 조심할 필요가 있지만.

"아, 알았어. 왜, 뭔데, 얘네 대체 왜 이러는 건데."

결국 한시민이 포기했다.

마족들은 그만큼이나 독하고 어이가 없고 경우가 없는 종족이다.

강화할 때야 에피아를 통해 목을 따든 뭘 하든 제재를 가할 수 있지만 이런 것들마저도 에피아에게 부탁할 수는 없는 노릇.

부탁한다고 들어줄 리도 없다. 아직 퀘스트를 완료한 게 아니니까.

결국 방법은 이유를 묻는 것이다.

어찌 됐든 마족들이 단체로 그에게 자결하라느니 하는 말은 하지 않을 것이다. 웬만큼 손해가 되는 것이 아니라면 들어줄 의향도 있었다. 무시하고는 있지만 에피아 외에 최상급 마족, 그 밑의 마족들과 친분을 쌓아 나쁠 건 전혀 없으니까.

"뭐야, 무슨 일이야? 분위기가 왜 이래."

"오빠, 또 무슨 사고 쳤어?"

"괜찮아요?"

스페셜리스트 역시 속속들이 게임에 들어오며 이상한 분위기를 눈치채고 한시민에게 물었다.

그만 느끼는 게 아니라는 것이 증명되는 순간. 또 그에게만 집중되는 시선이라는 것 또한 밝혀졌다.

"하아."

돌아오지도 않는 대답.

뭐 어쩌라고.

답답한 한시민의 마음을 에피아가 다가오며 해결해 주었다.

"저기 만들어 놓은 방어구와 무기들. 아가들이 가지고 싶어 해."

"……응?"

아가들? 어딜 봐서 저 키가 2m에 육박하고 덩치는 근육들로 산만 해서 인간 두셋쯤은 간식으로 찢어 씹어 먹게 생긴 마족들이 아가들이지?

사소한 문제는 넘어갔다.

에피아의 외형으로 마왕의 직위를 그 어떤 마왕보다 잘 해내고 있다는 것부터 모순이다.

"저것들."

본인 역시 그리 심각하게 생각하고 내뱉는 것 같지도 않고.

그녀의 손가락이 가리키는 곳을 보니 스텟 작업을 통해 만들어진 70개의 15강 방어구와 무기들이 들어 있는 마법 주머니들이 눈에 들어왔다.

"아아."

맞다.

잠시 잊고 있었다.

저것들도 있었지.

평소였다면 절대 잊지 않았을 것이다. 저렇게 땅바닥에 누가 가져가든 말든 내팽개쳐 놓지도 않았을 것이다.

하나, 하나 비록 저레벨 아이템이라 해도 대륙에선, 특히 유저들 가운데선 가장 잘 팔리는 레벨대의 아이템임과 동시에 등급 또한 구매자들에겐 상당히 매력적으로 다가오는 것들이다.

원래 게임이 그렇다.

PC 온라인 게임도 그렇고 가상현실로 넘어온 지금도 그렇다.

모든 아이템은 초고자본을 위한 엔드 등급의 아이템과 중자본들, 효율을 중시하는 유저들을 위한 어중간한 아이템이 가장 잘 팔린다.

굳이 따지자면 한시민의 15강 아이템들은 중자본이라 부르기 민망하지만 어찌 됐든 그 레벨대의, 또 랭커를 바라보고 폭풍 레벨 업을 하고 있는 초고자본들에겐 딱 맞게 구매할 수 있는 매력이 담긴 아이템이랄까.

너무 등급이 높으면 사기 애매한 상황이 나올 수밖에 없다. 아무래도 아이템 하나에 수억 원씩 투자하는 유저들이 50~70 레벨대에 대충 플레이하다 접을 건 아니니까.

접을 수도 있지만 혹은 사냥을 포기할 수도 있지만 그걸 가정하고 아이템을 사는 사람은 없다.

그렇기에 좋은 것이다. 15강이지만 레전더리 등급은 아니다. 적당히 끼다가 100레벨대의 더 이상 손댈 곳 없는 아이템을 구매하면 된다.

"시민아, 초심 찾자."

그런 아이템을 저렇게 내동댕이쳐 놓다니. 진짜 미쳤구나.

"고마워, 에피아. 덕분에 내 돈덩이들을 기억해 낼 수 있었어.”

일말의 사심도 없이 에피아를 품에 안았다.

“오빠, 조심해. 그림이 상당히 로리스러워.”

“닥쳐. 게임인데 그렇게 죄책감 들게 하지 마.”

강예슬의 견제가 들어왔지만 한시민은 그런 것에 주눅 드는 인간이 아니다.

여자에 딱히 관심이 없는 것처럼 행동해 왔지만, 실제로 커뮤니티에서 고자가 아니냐는 의혹도 많이 나오는 상황이지만 떳떳함을 보여주는 증거가 아닌가!

황녀와의 결혼 생활도 가끔이지만 건실함을 보여주고 있고.

모든 게 허용되는 판타스틱 월드에서 그리고 결혼해 달라고 들이대는 강예슬을 냅다 주워가지 않는 건 어디까지나 그런 쪽에 미친 인간이 아니기 때문일 뿐이다.

“…….”

어쨌든 순수한 마음으로 시작된 고마움의 표현은 한시민의 포옹을 거부하지 않고 받아들인 채 오히려 그의 엉덩이를 더듬는 고사리 같은 손을 느낌과 동시에 끝을 맺었다.

역시 서큐버스야. 한 치도 방심할 수 없어.

나쁜 느낌은 아니었지만 그를 전대 강화사에 대입한 채 생각하고 있는 에피아를 위해 공짜로 엉덩이를 내주는 일 따위는 하고 싶지 않았다.

그리고 마법 주머니를 챙겼다.

"잘 챙겨놨다가 나중에 대륙 가면 팔아야지."

워낙 좋은 아이템을 강화하다 보니 신경을 못 써 미안하다. 자식들아. 비싸게 팔아줄게.

주섬주섬 주머니를 챙기는 한시민을 보며 에피아가 말했다.

"그거 우리 아가들 줘."

"……응?"

"필요 없는 거면 줘."

덤덤하게, 그리고 당연하다는 듯, 마치 애인에게 애교를 부리듯.

그런 그녀의 목소리엔 확신이 담겨 있었다.

기대랄까.

마족들이 더 강해지는 것을 상상하는 그녀의 모습.

거절할 수 없는 표정과 말투.

보통 남자라면 고개를 끄덕일 수밖에 없는 상황이다. 하지만 한시민은 대신 표정을 굳혔다. 진지를 머금고 화를 냈다.

"미쳤냐. 이게 어디서 갑질하려고. 이건 안 돼. 공짜로는 절대 안 돼. 내 목숨이 들어간 새끼들을!"

참을 수 없다. 아무리 그가 정의 위치에 있다고 해도 이것만큼은 빼앗길 수 없다.

달라면 줘야 하고 빼앗길 상황은 맞지만 그래도 호랑이 굴에 들어가도 정신만 차리면 산 채로 먹히는 일 정도는 막을 수 있다고 최대한 침착하게 말을 건넨다.

"아니, 그러니까 내 말은, 네가 달라면 줘야겠지만 이걸 빼앗아 가면 난 굉장히 상심할 테고 그 상심은 이제 한 단계 남은 쌍검의 강화에 차질이 생길 수도 있을 것 같아 올리는 말이지. 이것들 뭐 쌍검에 비하면 보잘것없는 것들이지만 그런 쓸모없는 것들 때문에 쌍검을 강화하다 펑 하고 터져 버린다거나 하면 서로에게 큰 손해가 되지 않겠어?"

"……."

"우리 이렇게 조건 없이 주고받았던 사이인 건 알지, 에피아. 나도 기억이 조금씩 떠오르고 있어서 이해할 수 있어."

"정말? 기억이 떠올라?"

"응, 우리 행복했던 기억들. 내가 아닌 내가 떠올라 혼란스럽긴 하지만……."

"진짜?"

"당연하지. 그래서 이해해 줘. 다시 돌아왔지만 지금의 난 과거와는 조금 다를 수 있어."

"알겠어."

에피아는 해맑은 표정으로 순수하게 웃으며 고개를 끄덕였다. 그 모습은 마치 영상에서 보았던 과거의 에피아 같았다.

이제야 외모에 맞는 표정을 보았달까. 한층 더 남자의 마음을 사로잡는 매력이 분출되었다.

그리고 그 미소는 한시민에게 있어 허락이었다.

나름 도박이나 다름이 없는 거래의 성사. 반협박이었지만 에피아가 협박으로 받아들여 주지 않았다는 증거.

편한 마음으로 한시민이 마법 주머니를 쏟았다. 진홍빛 오라를 마음껏 뽐내는 15강의 장비들이 쏟아졌다.

무려 70개다. 보는 것만으로 감탄이 나온다.

마족들의 부담스러운 시선이 한층 짙어지는 가운데 한시민이 외쳤다.

"자! 그럼 마족들이 신사적으로 예술가의 가치를 인정해 주었으니 그에 맞게 보답을 하고자 한다. 원하는 걸 골라 정당한 대가를 치르면 가질 수 있도록 물물교환 이벤트를 실시한다!"

"……."

그렇게 말하는 한시민의 말투는 벼룩시장에 집 창고에 뒹구는 애물단지들을 넘기는 느낌이 물씬 풍겼다.

사실 유저들에게 팔아도 된다.

아니, 유저들에게 파는 게 편하다. 현금으로 바로 받을 수도 있고 켄지의 선례가 있듯 가격이 꽤 나가는 경우엔 부동산이나 현물로 받아도 되니까.

하지만 굳이 마족들에게 팔려는 이유는 하나다.

'15강을 너무 많이 풀 수는 없지.'

풀 거면 진작 공장을 돌리듯 찍어내 뿌렸을 것이다.

대충 개당 수천만 원만 받아도 하루에 억 단위로 벌어들일 수 있다. 게다가 이건 원가도 기껏해야 200이 채 되지 않는다.

저레벨 아이템들일수록 더하다.

하나 가치는 저레벨이라고 바닥을 치지는 않고.

하지만 한시민은 애초에 고품격 명품 브랜드 이미지로 강화를 시작했다.

실제로 경매도 몇 번 하지 않았고 시중에 푼 15강은 없다.

스페셜리스트의 것 또한 최근엔 14강이 최대고 켄지 역시 14강까지만 한 것만으로도 보아 알 수 있다.

덕분에 15강의 가치는 하늘을 뚫었고 마찬가지로 계속 유지할 생각이었다.

해서 대충 던져둔 감이 없잖아 있었다. 대륙에 가져다 판다고 하면서도 가져갈 생각은 없었기에.

차라리 버리면 버렸지 그걸 가져다 대륙에 유저든 NPC든 70개나 풀어버리면 그의 15강 아이템들의 잠재적 가치 하락은 당연한 일.

특히 후반으로 갈수록, 레벨대가 높아질수록 강화 가격이 천정부지로 오른다는 걸 생각해 보면 그깟 70개의 15강 아이템쯤 스텟을 얻은 대가로 생각하고 파기해도 별 상관은 없었다.

한데 기회가 주어졌다.

뜬금없이.

호박이 아주 그냥 단체로 넝쿨째 자신을 먹어달라고 입을 강제로 벌리면서 들어오는데 어쩌겠나.

"자자, 다들 줄 서. 이거 하나면 에피아의 공격도 막아낼 수 있다고. 쌉니다, 싸. 마계에서만 나오는 특산품, 보석, 장신구, 기타 등등 모두 받는다. 가치 있는 것만 가져와라. 별 쓸데도 없는 거 가져와서 비벼보려고 하면 그걸로 죽을 때까지 처맞는다."

"진짜 이런 것들로 저것들을 주는 거야?"

"당연하지. 마족들한테 고마운 것도 있고, 사실 그냥 줘도 되지만 그러면 버릇 나빠져서 안 돼. 넌 좋은 마왕이지만 이런 부분에 있어선 내가 더 잘 아니까 오빠만 믿고 따라와."

"응, 믿어."

"그럼 옆에서 좀 판단해 줘. 그래도 너무 이상한 거랑 바꿔줄 수는 없으니까. 이 정도면 마족 놈들이 고른 거랑 바꿔도 괜찮겠다 싶은지. 내가 마계의 물정은 잘 몰라서."

"알았어. 강화는 언제 해?"

"이거만 나눠 주고 바로 하자."

그러다 보니 뜬금없이 아나바다 운동을 가장한 벼룩시장이 열렸다.

13

마계도 하나의 사회다.

눈 뜨면 돌아다니다가 인사 대신 무기를 휘두르는 놈들이 득실거리는 사회라도 사회는 사회다.

당연히 일반 마족들도 있고 전투를 즐기지 않는 마족들도 존재한다.

그 수가 소수일 뿐이지.

어찌 됐든 그런 마족 중에선 대장장이도 있고 그러다 보니 방어구 또한 존재한다.

잘 만든 방어구 하나는 열 무기 부럽지 않은 마계에서 자연스럽게 대장장이의 가치가 높게 평가될 수밖에 없다.

게다가 현 마왕의 무기, 특히 전대 마왕을 베고 열두 최상급 마족의 목을 가볍게 베어 넘긴 게 무기의 영향도 크다는 사실이 알려지면서 더했다.

좋은 무기를 갖고 싶다, 좋은 방어구를 갖고 싶다.

원래 마족 대부분은 방어구를 착용하지 않는다. 좋은 무기는 끼더라도 방어구 따위는 목숨을 건 전투가 남발하는 가운데 별로 필요하지 않다고 생각했다.

일종의 자존심이다.

두르고자 한다면 온몸에 덕지덕지 칼 하나 들어가지 않을 정도로 두를 수 있지만 그것은 천족들이나 하는 하찮은 짓이라는 인식이 마계엔 퍼져 있었다.

마족들의 흑마력이 담긴 공격을 오래 버틸 만한 방어구를 만들지 못하는 것 또한 한몫했다.

안 그래도 자존심 상하는 일인데 꼈다가 지기라도 하면 죽어서도 영원히 치욕을 면치 못한다. 그게 언제가 될지도 모르는 부활일에 맞춰 조롱거리로 회자되고 있다면 얼마나 쪽팔리겠는가.

해서 방어구엔 별 관심이 없었다.

한데 한시민의 것은 달랐다.

"이거, 이거! 마왕님의 것보다 더 좋은 것이냐?"

"어허, 어디 에피아의 것에 갖다 비교하려고. 당연히 에피아의 것보다는 좋지 않지. 하지만 장담한다. 긴말하지 않는다. 껴보고 결정해라. 에피아, 도와줘."

"응."

최상급 마족 하나가 70레벨짜리 15강 방어구를 들고 와 묻는 질문에 한시민이 친절하게 대꾸해 주었다.

최상급 마족이고 뭐고 에피아 밑의 따까리들은 전부 개처럼 대하던 모습과는 전혀 딴판의 한시민!

영업용 미소가 가득한 한시민 옆에서 에피아가 고개를 끄덕인 채 옆에서 나섰다.

어느새 집어 든 방어구를 입은 최상급 마족에게 14강 쌍검 대신 철검을 휘두른다.

훙-

빠르게 방어구를 스쳐 지나가는 검.

방어구를 입은 최상급 마족조차 한 박자 늦게 반응할 정도로 빠르고.

콰콰콰쾅!

"……."

강력했다.

그저 휘두른 것만으로 공간이 찢어지고 찢어진 공간이 어긋난 모순을 이기지 못하고 폭발한다.

그럼에도 직격타로 맞은 방어구는 멀쩡하다. 생성된 폭발로 인한 바람으로 방어구를 입지 않은 신체에 흉터들이 남았지만 직접적으로 베인 방어구는 멀쩡했다.

남은 것이라면 마왕이 남겨준 영광스러운 흔적뿐.

"와."

방어구에 남는 흔적 따위야 최상급 마족은 신경 쓰지 않는다. 온몸에 난 상처조차도 영광스러운 훈장쯤으로 여기는데 그깟 흠집 정도야.

다만 감탄할 뿐이다.

이건 진짜구나. 이 정도 방어구면 자존심이고 사회적인 체면이고 버리면서 방어구를 착용해도 되겠구나.

아니, 이건 착용해도 자존심이 상하지 않을 것만 같다. 감히 누가 이 방어구를 보며 찌질하게 방어구를 입었다고 손가락질하겠는가.

그런 자들에겐 보여주면 된다. 방어구의 힘을, 공격하지 않고 오로지 방어만 하며 상대를 농락시킬 수 있는 방어구의 위력을.

원래 늦게 배운 도둑질이 더 무서운 법이다.

평생을 방어구 없이 살아온 마족들에게, 특히 항상 주변을 조심해야 하는 최상급 마족들에게 이건 여벌의 목숨을 얻게 되는 것과 비슷한 느낌이었다.

직접 실험에 참가한 최상급 마족이 슬쩍 주변을 둘러보았다.

그런 감정을 느끼는 건 아쉽게도 그만이 아니었다.

다른 최상급 마족들, 그리고 상급 마족들까지 놀람을 금치 못했다.

특히 폭발에 휘말린 마족들은 방어하기에 급급해 지쳐 있었는데 직접 타격을 입은 최상급 마족이 멀쩡한 걸 본 마족들 대부분은 무언가를 생각하기 바빠 보였다.

아마 자신들이 가지고 있는 재화가 얼마나 되는지에 대해 고민하는 것이겠지.

최상급 마족이 다급하게 외쳤다.

"값을 지불하겠다! 잠시만 기다려 줄 수 있겠는가."

"당연하지. 현찰이 없을 테니까 얼른 집에 다녀와."

"고맙다. 이건 내가 꼭 사겠다."

"그래, 그럼. 당연하지. 먼저 고른 놈이 임자지."

한시민은 선심 가득 고개를 끄덕였다.

안도의 한숨을 내쉬며 최상급 마족이 날개를 펄럭였다.

하나 그의 날갯짓은 끝을 보지 못했다. 에피아에 의해 저지 당했다.

"야야, 어디가."

"……어딜 가다니. 값을 지불하기 위해……."

그런 그에게 황당한 표정으로 묻는 한시민.

최상급 마족 또한 억울해서 항변했다.

다녀오라며, 기다려 준다며.

억울한 눈빛은 돌아오는 한시민의 말에 그 뜻이 잘못 전달되었음을 이해시켜 주는 매개체였다.

"다녀와, 그건 두고."

"……."

"걱정 마. 먼저 팔지는 않을 테니까. 다들 한 번씩 입어보고 경매할 거니까 그 부분에 있어서도 조급해하지 않아도 좋아. 여기까진 너도 이해해 줄 수 있지? 너무 치사하잖아. 최상급 마족이라고 먼저 싼 값에 후려쳐서 가져가는 건. 그치, 에피아?"

"말대로 해."

최상급 마족이고 뭐고 마왕 앞에선 꼼짝 못한다.

에피아의 한마디에 마족들이 서둘러 마음에 드는 아이템들을 시험해 보고 자리를 떴다.

"오래는 못 기다린다."

마계 최초로 경매가 열리는 순간이었다.

마족들이 떠난 자리.

한시민이 에피아의 머리를 쓰다듬어 주었다.

"잘했어. 역시 배운 마족이라 그런지 아주 연기가 물 흐르듯 자연스러운데?"

"다 자기가 가르쳐 준 거잖아."

"……응? 자기?"

"왜?"

"아, 아냐. 기억이 드문드문이라서."

"응."

뭐랄까. 들을 때마다 이러면 안 될 것 같다는 느낌이 자꾸 들게 하는 외모였지만 이제는 조금씩 적응이 되어가는 과정이기도 하고, 이미 한시민이 설계하고 이용해 먹고 있는 와중에 죄책감을 느끼는 것도 이상한 상황이기에 받아들이기로 했다.

사실상 짜고 치는 고스톱!

당연한 말이지만 아무리 평범한 철검을 들고 있다 한들 무려 마왕이 온 힘을 다해 휘두르는 공격인데 고작 70짜리 방어구가 15강을 했다고 그걸 아무런 피해 없이 막아내는 건 불가능한 일이다.

거기다 그걸 착용하고 있는 마족도 막을 생각조차 갖지 않고 그대로 맞지 않았던가.

진짜 에피아가 뚫을 생각을 했다면 15강 방어구고 뭐고 종이 찢어지듯 갈기갈기 찢어지며 최상급 마족의 몸을 철검으로 유린했을 것이다.

그저 보여주기식 퍼포먼스!

"크, 공간을 압축시켜 뒤틀어 화려하게 터뜨리는 그런 건 대체 어디서 배웠데. 완전 속아 넘어가지 않고서는 못 배기겠던데.”

“그것도 자기가 가르쳐 준 거야.”

“……그래?”

고양이도 아닌데 갸르릉거리는 모습이 귀엽다.

뭐, 귀도 있고 꼬리도 있는 서큐버스인 마당에 고양이라 봐도 무방하긴 하지만 어쨌든 부드러운 머릿결에 계속 쓰다듬던 손이 멈칫한다.

‘전대 강화사 이놈은 대체 뭐 하는 놈이지?’

뭐만 하면, 마왕의 사악한 면만 나오면 전부 전대 강화사 놈이 관련되어 있다.

이건 마치…….

“시민 오빠의 조상 아니야?”

“…….”

할 말이 없어지게 만드네.

두 번째 영상에서 에피아에게 계약서부터 들이미는 놈을 보았을 때 대충 예상은 했지만 생각 이상으로 대단한 놈인 것 같다.

뭔가 시커먼 사내인 것과 더불어 그의 능력에 제약을 걸고 공격 스킬이라곤 하나도 없는 쓰레기 직업을 물려준 것에 대해 생겼던 반발과 비호감이 급격히 감소하는 기분이다.

그래, 나만 피해자가 아니었구나. 전대 강화사 놈도 베타고의 희생양이었어.

이런 쓰레기 같은 직업으로 먹고살고 또 돈도 벌고 사랑도 하고 애도 낳고 하려면 다 이렇게 성격이 바뀔 수밖에 없지.

왠지 모르게 동질감이 느껴진다. 그리고 그런 동질감이 느껴지는 스승에 물든 에피아에게 왠지 모를 호감도 느껴졌다.

"우린 좋은 비즈니스 파트너가 될 것만 같단 말이지."

힘도 세고 사기도 잘 치고. 무엇보다 예쁘고 어리다. 잘만 컨트롤 할 수 있다면 이보다 좋은 파트너가 어디 있겠는가.

"이제 손 치워."

"응."

지랄 같은 성격을 컨트롤하기란 스토리 퀘스트를 끝내기 전까지는, 아니, 끝내고 나서도 그리 쉬워 보이진 않았지만.

14

천왕을 비롯한 천족들은 무사히 마계에 도달했다.

"……빌어먹을 마족 놈들. 더러운 건 여전하군."

물론 그 와중에 인상이 절로 찌푸려질 정도의 피해를 입었지만 다행이라고 표현할 수 있을 만큼 빠르게 도달했다.

"천왕님, 시신은 수습하지 못할 것 같습니다."

"우선…… 빠르게 움직인다."

"예."

어쩔 수 없다.

줄이고자 했으면 피해를 최소한으로 줄일 수도 있었다. 그만큼 천족의 수는 많았고 천왕의 힘은 강력했으니까.

하나 그렇게 했다면 마족들이 원하는 대로 흘러갔을 것이다.

소수의 인원으로 시간을 끌고 다수의 병력이 도달할 때까지 기다린다.

그렇게 되면 뒤로 갈수록 시간이 끌리게 되며 본래의 목적을 달성하기도 전에 대규모 전쟁과 함께 결국 의미 없는 출혈만 계속되었을 것이다.

마족과의 전쟁으로 죽음을 맞이하는 건 천족에게 두려운 게 아니다.

하나 의미 없는 싸움을, 그것도 마계의 진형에서 하는 것은 원치 않는다.

이왕 할 거면 이겨야 한다.

하지만 마계에서 전면전은 천족들에겐 불리할 수밖에 없다. 해서 정면 돌파했다, 자폭하는 마족들을 무시하면서.

그러다 보니 피해가 커졌다. 하나 전체적으로 보면 보잘것 없는 피해기도 하다. 고작 마족 따위에게 피해를 입었다는 찝찝함과 입지 않아도 될 피해를 입었다는 사실만 제외한다면 지금의 성과는 훌륭하다고 봐도 무방할 정도다.

원래 마계는 이렇게 빠르게, 그리고 많은 병력이 도달할 수 있는 곳이 아니다.

이는 한 가지를 의미한다.

"마계 내부에서도 일이 있군."

아무리 천왕이 포함된 군대라 해도 이쯤 되었으면 슬슬 마족들이 모이며 견제를 했어도 이상하지 않을 시간이다.

그럼에도 아직까지 반응이 없다는 건 즉각적으로 대비하지 못할 만큼의 사건이 터졌다는 뜻.

그리고 그건 마계의 존속이 달린 천계와의 전쟁이 터질지도 모르는 상황과 대비해 보면 결코 작지 않은 사건이라는 것도 알 수 있다.

그렇기에 천왕은 웃을 수 있었다.

"어쩌면……."

아리아를 구하러 왔다가 생각보다 큰 이익을 챙겨 갈 수도 있겠구나.

"아리아의 위치는?"

"저쪽입니다."

헛물을 켠 천왕과 천족들이 희망을 품고 달리기 시작했다. 그들을 위해 친히 준비된 함정을 향해.

어두컴컴한 하늘마저 신이 그들을 위해 어둡게 해준 게 아닐까 하는 그들의 희망이 마계에 흘러들어 오기 시작했다.

15

천왕이 마계에 도착해 아리아를 찾으러 출발하든지 말든지 한시민이 있는, 그리고 에피아가 있는 곳에선 난데없는 진품 명품이 벌어졌다.

"제가 아끼던 보석들입니다."

"오, 딱 봐도 뭔가 영롱해 보이는데?"

"이래 봬도 수백 년 전 마계를 평정하던 최상급 마족님들께서 하사하신 보석이다. 절대 가치가 낮지 않다."

"호오? 그래? 어때, 에피아?"

"응, 괜찮아. 마왕이 공을 많이 세운 최상급 마족들에게 정말 가끔 하사하던 보석이네. 관상용이 아니라 녹여서 무기에 바를 때 특별한 효과도 있다고 해서 최상급 마족들이 마왕에게 충성하는 일도 많았대."

"그런 게 있었구나."

옵션은 뭘까.

궁금했지만 보채지 않았다. 지금 갑은 절대적으로 한시민이다. 에피아의 뒤에서 비선실세 노릇이나 하는 얄미운 시어머니로만 보던 마족들, 그마저도 지나가던 개가 짖는 취급도 안 해주던 최상급 마족들이 지금은 꼬리를 살랑살랑 흔들며 한시민의 눈치를 보고 있는 것만으로도 충분히 알 수 있다.

그만큼 15강 방어구의 위력은 대단했다.

어찌 보면 마계에서 첫 등장이다. 원래 뭐든 처음은 관심이 집중되고 좋아 보일 수밖에 없다.

하물며 그게 에피아의 쌍검을 강화하는 와중에 등장했다면 이는 거품이 낄 대로 낄 수밖에 없는 상황!

그런 상황에서 거품을 짜내는 이가 한시민이다.

맥주 반 거품 반을 넘어 이게 맥주인지, 거품에 첨가된 맥주의 향기인지 구분할 수 없을 정도로 예술을 만들어내는 그의 말발은 한정된 개수의 방어구와 무기들을 분배하는 데 큰 도움이 되었다.

"그래서 이 정도면 어떻겠어? 최상급 마족의 목숨과 바꿀 만해?"

"조금 부족한 거 같기도 한데."

"그래? 그럼 뭐 더 생각할 필요도 없겠네. 뒤에도 마족은 많으니……."

"잠깐! 더 있습니다!"

거기에 훌륭한 조력자 에피아가 있다. 그녀는 하루빨리 15강을 해달라고 보채는 와중에도 이왕 시작한 한시민의 아나

바다 운동에 적극 동참해 도와주었다.

"야! 양심이 있냐. 뒈질래? 죽고 싶지 않으면 얼른 이거 가지고 꺼져. 어디서 되지도 않는 쓰레기를 들고 와서 양심 없이 마족 가오를 떨어뜨리려고 그래? 이런 텃세들과 바가지들이 인간들에게 마족의 인식을 한없이 낮춘다는 거 몰라? 확, 씨."

"언니, 내가 잘못 들은 거 아니겠지?"

"……맞는 거 같은데. 어디서 많이 들어본 거 같은 말투긴 하다."

"전대 강화사란 놈, 혹시 시민이 저놈 아닐까."

제삼자가 보기엔 혹시 5:5로 수익을 나누기로 한 건 아닐까 의심을 할 정도로.

어찌 됐든 효과는 좋았다. 마족들은 아낌없이 그들이 모아 두었던 재물을 가져다 바쳤다.

부족한 이들은 어디서인지 몰라도 보충해 왔다.

"이럴 줄 알았으면 더 모아놓는 건데."

"혹시 재물을 많이 가지고 있는 마족 아는 마족?"

"저거 꼭 갖고 싶다."

"야, 내놔. 내가 네 뒤 봐줄게."

그럼에도 역시 아쉬움을 표하는 마족은 많았다.

마족의 수는 많은데 물건은 한정되어 있다. 그런데 물건들은 많은 재물을 가져오는 이에게만 나눠 준다.

평소에 재물보단 싸움을 즐기는 마족들에겐 이보다 더한 불공평한 거래가 있을 수 없다.

애당초 그런 보석 따위 쓸 곳도 없는 게 마계고 가끔 쓸데가 있다고 해도 상급 이상의 마족들에게 재화란 어지간해선 아무런 의미가 되지 않으니까.

물론 그렇다 해도 결국 15강 방어구들을 가져가는 이들은 서열이 높은 마족들이었다.

평소 재물을 잘 모으지 않는 마족들의 불리함은 마계의 진리인 약육강식으로 메울 수 있었으니까.

없으면 채운다.

나보다 약한 놈 것은 내 거. 죽고 싶지 않으면 내놔.

수천의 마족이 모여 있는 자리에서 아무렇지도 않게 거래와 협박이 오갔다.

실제로 유혈 사태마저 일어나는 일도 빈번했다.

하나 한시민이나 에피아는 말리지 않았다.

철저한 장사꾼 마인드!

어디서 난 보석이든 돈이든 물건이든 뭐가 중요하겠는가! 대가만 잘 받으면 된다.

문제 있는 물건이라 할지언정 탈이 날 리도 없는 곳이다.

마왕의 허가가 있었기에 가능한 거래였고 또 대륙으로 돌아가면 평생 다시 볼일도 없는 마족들이다.

만약 대륙 침공을 해 보복하러 온다고 해도 그때는 이미 그 물건들은 한시민의 손에 없을 것이다.

그렇게 마계의 귀한 것들을 물물교환하는 자리가 한동안 이어졌고.

화려한 15강 아이템들을 두른 마족들 사이에서 마지막 피날레를 위한 준비가 시작되었다.

필요한 제물은 14강 때보다 더 많았고 해야 할 의식 또한 감히 비교할 수 없을 정도로 더럽고 개 같았다.

하지만 결국은 시간 싸움이었다.

시간 싸움에서, 인내를 가져야 하는 상황에서 한시민은 단 한 번도 져 본 적이 없고 결국 해냈다.

"후우."

마지막 남은 건 강화 순서다.

명당의 위치는 비교적 가까웠다. 어느 검부터 강화할 것인지만 정하고 움직이기만 하면 된다.

안전 또한 걱정할 필요가 없다. 15강 강화 장소는 마왕성 깊숙한 비밀 창고였으니까.

오로지 한시민과 에피아만 들어온 상황.

“하아.”

두 개의 쌍검을 놓고 한시민이 고민에 빠졌다.

선택의 갈림길이 없는 건 마찬가지다. 결국 망치를 두드려야 하고 여기서 스토리 퀘스트를 포기한 채 영원한 죽음을 맞지 않을 거면 시간을 끌 수도 없다.

하나 고민하는 이유는 하나다.

14강 때도 그랬지만 지금은 그 부담감이 더 심했다.

그래도 14강은 73%라는 비교적 높은 확률을 자랑하기에 부담을 놓고 망치를 내려칠 수 있었지만 15강은 아니다.

49%.

반도 안 되는 확률.

어디서 1%를 주워올 수는 없을까 인상이 절로 찌푸려지는 확률이다.

하지만 이마저도 지금 한시민이 심각하게 고민하는 갈림길의 내용은 아니다.

49%를 50%로 만드는 방법쯤은 이미 생각해 두었다.

생각하지 않아도 간단하게 알 수 있다.

스텟 포인트.

2차 한계치까지 찍고 각성하면 된다.

이미 1차 행운 각성 조건이 해당 직업의 각성과 연관이 있다는 걸 추론한 한시민에게 그것은 큰 문제가 될 수 없었다.

스텟 포인트를 행운에 찍는 아까움?

강화 확률이 오르는 것으로 충분히 상쇄된다. 신체 스텟 조금 못 투자하는 거야 나중에 다시 스텟작을 하면 되는 일이고.

"뭐부터 할까?"

한시민은 고민하다 결국 책임을 에피아에게 떠넘겼다.

그의 애절한 시선은 두 개의 쌍검을 향해 있었다.

뭐부터 강화할까.

그 세상에서 가장 간단하면서도 단순하고 동시에 가장 어려운 문제에 봉착한 것이다.

성공할 확률은 반반.

그렇기에 고민을 할 수밖에 없다.

두 쌍검의 옵션이 같았다면 생각지도 않았을 것이다.

[+14 서큐버스 여왕의 쌍검]

* 등급: Epic Legendary

* 착용 레벨: 200

* 착용 조건: 서큐버스 여왕

* 공격력: 2,800(+17,080)

* 옵션 1: 공격력 +5%(+15%)

* 옵션 2: 매혹된 상대에게 치명적인 일격 대미지 +10%(+30%)

* 특수 옵션 1: 공격 시 매혹 확률 +5%(+15%)

* 특수 옵션 2: 장인의 영혼이 담긴 무기. 파괴되거나 소멸하지 않는다.

[+14 서큐버스 여왕의 쌍검]

* 등급: Epic Legendary

* 착용 레벨: 200

* 착용 조건: 서큐버스 여왕

* 공격력: 2,800(+17,388)

* 옵션 1: 공격력 +5%(+14.5%)

* 옵션 2: 매혹된 상대에게 치명적인 일격 대미지 +10%(+31%)

* 특수 옵션 1: 피격 시 보통 확률로 '광기' 효과 발동

* 특수 옵션 2: 적 처치 시 일정 확률로 '소멸' 효과 적용

옵션까진 동일하다.

추가적으로 오른 옵션의 차이가 조금 다르지만 전체적인 수치를 보면 큰 차이는 나지 않고 다만 특수 옵션부터는 다르다.

마족들이 말한, 마족들을 그토록 공포에 몰아넣었던 그 옵션이 붙은 쌍검과 처음 강화했던 쌍검.

가치로 따지자면 후자가 당연히 더 좋다. 지금 마왕이 역대

최악이자 최강으로 꼽히는 이유가 아니겠는가.

소멸의 검! 검에 박히면 하급 마족이든 최상급 마족이든 꼼짝 못해!

그런 검을 강화해야 한다. 파괴와 소멸 옵션 없이.

"……."

14강 강화할 때도, 파괴되거나 소멸되지 않는 옵션이 있는 쌍검을 강화하는 데도 혹시나 그 옵션은 강화로 인한 파괴에는 적용되지 않을까 조마조마하며 간을 졸였다.

마찬가지로 후자의 쌍검을 강화할 땐 정말 강화한 뒤 한강으로 향했을 정도로 긴장했고.

그런데 이번엔 50%다.

어느 것을 먼저 해야 하나.

성공하리란 확신 대신 하나는 실패한다는 생각을 갖고 임해야 한다. 이럴 땐 무조건적인 긍정보다는 현실적인 판단이 중요했다.

"뭐가 먼저 터질까."

물론 둘 다 실패하고 터질 수도 있다.

일단 실패하면 99%의 확률로 터지니 실패하는 순간 끝이다.

하나 그렇게 최악의 상황까지는 가정하지 않았다.

하나는 성공한다.

어느 게 성공할 것인가.

성공하는 쪽에 후자의 쌍검을 넣어야 한다. 에피아가 한시민의 망설임에 고민 없이 손가락을 가리켰다.

“자기는 항상 그랬어. 왼쪽과 오른쪽을 고를 땐 왼쪽이었고 앞과 뒤에선 앞이었고.”

그녀가 가리킨 쌍검은 왼쪽에 놓인 것이었다. 그리고 왼쪽에 놓인 쌍검은 파괴 방지 옵션이 붙은 검이었다.

한시민이 감탄했다.

“와, 전대 강화사 놈은 그런 고민도 했었구나.”

한시민으로서는 전혀 단 한 번도 해본 적 없는 고민이다. 50% 확률을 고를 일 따위는 사고가 나기 전엔 강화에 손도 안 댔으니 없었고 사고가 난 이후엔 항상 100%였으니 그 또한 없었으니까.

괜스레 전설이었던 강화사의 고충이 전해져 오는 것 같았다.

또 존경이 절로 들었다.

50%는 언제나 그렇듯 반반이다. 이거 아니면 저거.

만약 하나를 택했는데 아니면 필연적으로 후회를 할 수밖에 없다.

그냥 반대쪽 할걸.

그런데 전대 강화사는, 그토록 많은 강화를 하면서 단 한 치의 망설임도 없이 언제나 왼쪽이거나 앞이거나를 택했다고 한다.

그걸 애인에게까지 세뇌시킬 정도라면 정말 확고한 가치관을 지녔다는 말밖에 되지 않는다.

그런 결론이 나기까지 얼마나 고뇌했겠는가. 또 얼마나 많은 표본을 냈겠는가.

100%라서 왼쪽을 택했을 리가 없다.

단 0.00001%.

50.000001%의 확률이라도 왼쪽이 더 많이 나왔기에 선택한 것이리라.

부러웠다, 그런 열정이.

해서 박수를 쳐 주었다.

그러곤 집었다.

오른쪽 검을.

"사상이 왼쪽으로 치우친 놈 따위의 선택을 믿을 순 없지."

에피아의 망설임 없는 선택과 부연 설명이 한시민의 마음을 흔들었다.

왠지 모르게 오른쪽이 끌렸다. 전대 강화사의 시커먼 선택 따위 믿고 싶을 리가 없다.

그의 후예가 되어 얼마나 많은 개고생을 했던가.

아까의 고민이 말끔하게 사라졌다.

뭔가 될 거 같은 기분도 마구 든다.

미소와 함께 스텟을 찍고 망치를 내려친다.

홀로그램들이 나타나는 것들은 깔끔하게 무시한다.

강화 확률이 1% 올랐다는 것만 보면 됐다.

50%.

하지만 전대 강화사가 택했던 반대의 선택.

네가 틀리고 내가 옳다.

보여주리라.

탕!

[강화가 실패했습니다.]

[아이템이 파괴됩니다.]

16

순간 머리가 멍해졌다.

[행운 수치 1,500에 도달합니다.]

…….

[2차 행운 각성 효과가 적용됩니다.]

[강화 확률이 2% 상승합니다.]

[강화 성공 시 특수 옵션 추가 확률이 3% 상승합니다.]

[강화 성공 시 일정 확률로 강화 효과 상승 확률이 3% 상승합니다.]

[강화 성공 시 진화 확률이 2% 상승합니다.]

[강화에 필요한 마력량이 10% 감소합니다.]

1%가 아닌 2%가 올랐다는 홀로그램 따위와 더해지는 중첩되는 효과들 따위가 눈에 들어올 리가 없다.

그저 황당한 마음으로 실패했다는 홀로그램과 파괴되었다는 홀로그램만이 시야에 들어올 뿐이다.

"왜?"

라는 의문은 길지 않았다.

50%가 아닌 51%가 되었어도 반반임은 변치 않는다.

망치질은 성공했지만 51%의 확률엔 닿지 못했고 강화는 실패했다. 그리고 1%의 기적 따위는 생기지 않은 채 파괴되었고.

사고가 난 이후 첫 파괴다.

"……."

아예 상상조차 하지 않고 있던 결과에 몸에 굳을 수밖에 없었다.

하나는 실패할 생각을 하고 골랐다지만 진짜 실패하리라는 걸 확신하진 않았다.

특히 전대 강화사의 선택이라는 걸 들었을 땐 확신했다.

오른쪽이다. 무조건 성공한다.

그런데 터졌다.

이는 돌릴 수 없는 현실이다. 실제로 모루 위에 올라 있던 쌍검은 흔적도 남기지 않은 채 가루가 되어 사라졌다.

모 게임에서처럼 흔적이라도 남아 복구할 수 있는 기회조차 주지 않겠다는 판타스틱 월드의 냉혹한 시스템.

여기서만큼은 그야말로 완벽한 게임 시스템이다.

무기에 강화가 잘못되어 불순물이 꼈고 그로 인해 옵션이 하락하는 거면 얼마나 좋나.

쓸데없이 이런 데서만 현실적이지가 않다.

불만을 터뜨리고 싶었지만 아쉽게도 그럴 시간 따위는 없었다.

순간 옆에서 보고 있던 에피아에게로 신경이 닿았다.

'시발.'

진심으로 터져 나오는 진지한 욕은 오랜만이었다.

하나 한시민은 그걸 인지할 틈조차 없었다.

터진 게 문제가 아니다.

어차피 그의 무기도 아니다.

중요한 건 스토리 퀘스트의 행방이다.

과연 에피아가 그를 용서해 줄까. 이대로 판타스틱 월드의 인생은 끝이 나는 걸까. 차라리 한 번 죽어서 대륙으로 가면

이 상황을 피할 수 있을까.

게임임에도 식은땀이 절로 흘렀다. 슬쩍 곁눈질로 에피아의 표정을 볼까 싶었지만 눈동자조차 돌아가지 않았다.

그만큼 어이가 없는 상황이었다. 하지만 그런 와중에도 놀랍지만 한시민의 머리는 다른 생각을 하고 있었다.

'시발. 그래서 뭐.'

후회가 만들어내는 분노는 아니다.

뭐랄까.

이런 생각이랄까. 만약 왼쪽을 택했으면 달라졌을까.

세상에서 제일 의미 없는 후회지만 또 안 할 수 없는 생각이다.

게다가 에피아는 전대 강화사의 선택이라고 말까지 하지 않았던가. 어쩌면 이미 정해져 있던 확률은 아니었을까.

말도 안 되는 이야기지만 별의별 생각이 다 든다.

한시민은 그런 잡생각들을 깔끔하게 날리기 위해 그만의 선택을 했다.

'어차피 뒈질 거.'

후회라도 남기지 말자.

곧장 이제는 한 손 검이 된 나머지 하나를 집어 들었다. 그리고 내려쳤다. 이건 어차피 터지지도 않는다.

이거라도 15강을 만들어 찝찝함을 벗자.

그러기 위해 필요한 건 첫 번째 실패다.

만약 왼쪽을 택했어도, 달라진 건 없었더라는 걸 증명해 보이자.

망치질과 함께, 진홍빛 오라가 어두운 지하 창고를 뒤덮었다.

17

당연한 말이지만 15강은 방송으로 진행되고 있었다.

마계의 일들이 대륙에 알려지면 곤란한, 15강 방어구들의 아나바나 운동 같은 거야 방송을 끄고 했지만 시청자들에게서 돈을 뽑아먹을 수 있는 컨텐츠를 굳이 방송하지 않을 이유가 없었으니까.

유저들은 침을 삼키며 방송을 보았고 터지는 순간도 함께 했다.

–ㅋㅋㅋㅋㅋㅋㅋㅋㅋㅋㅋㅋㅋㅋㅋㅋㅋㅋㅋㅋㅋㅋㅋㅋㅋㅋㅋㅋㅋㅋㅋㅋㅋㅋㅋㅋㅋㅋㅋ

–와, 이 사람도 강화하다 터지긴 하는구나.

–이거 몇 프로였음?

–PJ 말로는 반반이라던데.

–15강이 반반이라고? 대체 저 직업은 대체 뭐냐.

–대박. 맨날 강화한 거 자랑하더니 쌤통이다.

반응은 크게 두 가지였다.

이렇게 순수하게 방송을 즐기며 혹은 배 아파하던 사람들이 웃거나.

–ㄷㄷ 저 검 엄청 좋아 보이던데. 저걸 터뜨린 거임?

–아니, 대체 왜 마왕이 왼쪽이라 했는데 오른쪽 거 한 거임?

–왼쪽 했으면 성공했다. ㅇㅈ?

–아, 개 답답하네. 저걸 터뜨리네.

–확률 정해져 있던 거 아님? 스토리상 전대 강화사가 왼쪽 항상 골랐다는 거 떡밥 같은데. 이 PJ 할 줄 아는 거라곤 강화밖에 없어서 판알못인듯.

안타까워하거나.

어느 편이든 역대급 방송임에는 누구도 부정하지 않았다.

무려 마왕의 무기다.

레벨 제한이 200이 넘는, 에픽 레전더리 등급.

한시민 외엔 구경조차 해본 사람이 없는 등급의 아이템을 터뜨렸다. 그것도 스토리 퀘스트 마지막 순간에.

이보다 짜릿하고 긴장감 넘치고 현실성 넘치는 방송이 또 어디 있겠는가.

시청률을 위해 혹은 컨텐츠를 위해 조작했다고 생각하는 사람 또한 없었다.

대충 봐도 수억 원이 걸린 퀘스트다.

아니, 판타스틱 월드를 조금이라도 아는 사람이라면 이 퀘스트에 걸린 가치가 그보다 더할 수도 있다는 걸 모를 수가 없다.

그런데 그걸 조작한다고?

물론 한시민의 방송 시청료와 시청자 수를 생각해 보면 그럴 만도 하다.

하지만 이 퀘스트를 성공한 뒤에 이어지는 내용으로 진행되는 컨텐츠는 여기서 말아먹을 정도로 가볍지 않을 것이다.

게다가 이렇게 터뜨린 뒤의 이야기는 뻔하지 않은가.

죽음, 부활, 그리고 또 죽음.

무한히 지속되는 추격전.

혹여 대륙으로 오게 된다 하더라도 끝이 없을 것이다.

마왕은 그녀의 무기를 터뜨린 인간에게 복수하기 위해서라도 대륙을 침공할 것이다. 흑마법사들이 멸종되다시피 하는 상황이라도 마찬가지일 것이다.

그게 재미있겠는가.

묘한 침묵과 더불어 읽지도 못할 만큼 빠르게 채팅이 올라갔다.

그런 가운데 진행되었다. 한시민의 돌발 행동은.

망치가 휘둘러지고, 진홍빛이 화면을 뒤덮는다.

–와, 역시 왼쪽 했으면 성공이네.

–미친, 저거 15강 성공이야?

–ㄲㅂ. 실패했으면 더 꿀잼인데.

–저건 어차피 파방 되어 있어서 안 터짐.

–그래도 혹시 모르잖음. 강화 단계는 하락할 수도 있는데. 계속 쭉쭉 떨어져서 멘붕하는 거 보고 싶었는데.

그와 함께, 화면이 뒤바뀌었다.

세 번째 영상이었다. 뜬금없이 나타난.

배경은 마계였다.

등장인물은 에피아를 쏙 빼닮은 서큐버스.

그리고 지금도 어려 보이지만 그보다 더 어린 에피아.

"엄마."

"응, 아가."

순진무구한 표정으로 자신의 앞에 고이 대령된 두 개의 쌍검을 보며 묻는 에피아.

이제는 오라도 덧씌워지고 피를 머금은 쌍검, 아니, 하나밖에 남지 않은 검이지만 영상에서의 쌍검은 서큐버스임에도 불구하고 순결하기 짝이 없는 에피아를 닮아 고고했다.

"이건 뭐야?"

에피아의 질문과 함께 영상은 진행되었다.

"그건 서큐버스의 희망이자 전설이란다."

"전설?"

"응, 아가. 수천 년 전, 아니, 그보다 먼 과거 서큐버스들 사이에서 수만 년에 한 번 태어난다는 마계의 절대자에게서 전해져 내려오는 전설."

"우웅, 멋있다."

"그렇지? 아가, 아가가 그 전설이란다."

"내가? 진짜?"

"그럼, 마계를 지배하고 대륙을 정복할 전설."

"우와, 나 전설 할래!"

처음 듣는 쌍검의 유래. 그리고 이어지는 에피아 모체의 말.

"이건 마계를 지배했던 과거 서큐버스 여왕께서 하신 전언이란다. 잘 들으렴.”

“응.”

“후대 서큐버스 여왕을 위해 쌍검을 남기노라. 본디 이 쌍검은 하나의 검에서 파생된 두 개의 영혼. 본질적인 힘을 이끌어 내기 위해선 하나로 만들어야 한다. 이를 위해 필요한 것은 여왕의 영원한 반려. 쌍검 그 자체만으로도 마계를 지배할 만한 위력을 낼 수 있지만 꼭 영혼의 반려를 찾아 대륙을 넘어 천계까지 지배할 전설을 이루도록 하라.”

“……반려?”

에피아의 여운과 함께 영상은 끝이 났다.

동시에 정신이 돌아왔다. 방송 채팅이고 뭐고 한시민의 시야에 들어오는 건 진홍빛 가득한 하나밖에 남지 않은 한 손 검과 오묘한 표정의 에피아.

그와 함께 복잡한 심경 때문에 차마 신경 쓰지 못했던 부분들이 하나둘 머릿속에 들어왔다.

대체 왜 에피아는 하나의 검을 터뜨린 한시민에게 다음 강화도 맡긴 것일까.

아무리 갑작스러운 선택으로 인한 망치질이었다고 해도 수십의 최상급 마족 사이를 오가며 한시민의 눈엔 보이지도 않는 움직임으로 유린한 에피아다. 고작 한시민의 움직임 하나 막지 못했을 리가 없다.

'설마…….'

왜 그랬는지에 대한 의문은 영상 속 전대 서큐버스 여왕의 전언과 관련지어 생각해 보면 유추가 가능했다.

그것은 곧 예언이었다.

아니, 예언까지는 아니었을 것이다.

꼭 반려를 찾으라는, 한 손 검이 되는 데 필요한 게 반려니까 힘내라는 말은 전대 서큐버스 여왕은 찾지 못했다는 뜻이었을 테니까.

그런데 하필, 수만 년에 한 번 나타나는 서큐버스 여왕의 반려로 한시민이 채택되었다?

소름이 돋았다.

설마 이게 다 베타고의 설계인가.

……라고 보기엔 말도 안 되긴 하다.

그저 운이었을 것이다. 진짜 반반인.

스토리 퀘스트의 마지막 숨겨진 스토리.

"……."

그러니까 뭐야. 마지막 51%가 실패했기 때문에 결국 퀘스트는 성공한 건가. 아니, 성공하긴 한 건가.

무기를 하나 터뜨려 먹었음에도 별말 않고 감정이 가득 담긴 복잡한 눈빛으로 그를 보는 에피아를 보면 적어도 실패는 아닌 것 같긴 한데.

이걸 참 터뜨려서 다행이라고 해야 하는지.

어이가 없기는 한시민도 마찬가지였다.

생각해 보면 한시민이었기에 실패했을 수도 있는 스토리 퀘스트가 아닌가. 만약 하나가 성공해서 쌍검이 그대로 유지가 되었다면.

한시민이 아니었다면 그런 가정은 성립되지 않았으리라.

15강 성공 확률은 0.001%니까. 일단 하나는 무조건 파괴되고 시작하는 셈이니까.

"아, 모르겠다."

복잡한 머릿속의 내용들은 깔끔하게 지워 버렸다.

요약하자면 이거 아닌가.

처음으로 강화에 실패했고 그 대가로 에픽 레전더리 등급의 쌍검 중 하나가 터졌으며 죽기 전에 이대로 죽긴 아쉬워 같이 죽자는 마음 반으로 나머지 쌍검 하나도 강화했고 성공했다.

그와 함께 마지막 스토리 퀘스트의 영상이 흘러나오며 반전이 등장하고 깔끔하게 퀘스트 성공.

"……."

[퀘스트를 완료했습니다.]

그 생각을 뒷받침하는 홀로그램이 등장했다.

주작이라고 욕을 먹어도 할 말이 없는, 정말 기사회생의 홀로그램.

강화를 실패해야 깰 수 있는 스토리 퀘스트라니.

하긴, 애초에 난이도가 너무 높긴 했지.

아무리 레전드고 전설이고 15강을 성공시키라니.

레벨이 최소 200은 넘을 전대 강화사도 12강까지밖에 못한걸.

확인까지 받은 마당에 더 이상 쫄 필요가 없다. 진홍빛 한 손 검을 집어 든 한시민이 자리에서 일어났다.

어깨를 펴고 에피아에게 건넨다.

"자, 약속 지켰…… 읍."

그 자신감은 끝까지 가지 못했다.

일생의 반려를 찾은 서큐버스의 갑작스러운 공격에 세상에 하나뿐인 에픽 레전더리 15강 한 손 검이 초라하게 바닥으로 떨어졌다.

—시바. 부럽다. 신고하자.

이득인지 눈물을 흘려야 하는 상황인지.

시청자들만 마왕의 반려가 탄생한 역사적인 순간에 침을

삼킬 뿐이었다.

18

서큐버스는 거침이 없었다. 게다가 에피아는 서큐버스의 여왕이다. 그녀의 평생 반려가 될 자에게 가식 따윈 없었다.

한시민이 에피아의 박력에 넘어지며 방송을 껐다.

[방송이 종료되었습니다.]

—뭐냐, 방송 다시 켜라.

—야, 신고해라.

—이미 신고했음.

—아, 미친. 여기서 끊네.

—ㅂㄷㅂㄷ.

컨텐츠는 충분하다 못해 넘쳐흐른 건 사실이다.

마왕의 무기 15강 도전 방송.

판타스틱 월드에서 그 누가 감히 도전할 수 있는 컨텐츠란 말인가.

당장 자신이 끼는 레벨대의 유니크 무기만 해도 10강을 도전하겠노라 돈을 버릴 각오로 홍보를 엄청 하는 사람들도 넘쳐흐른다. 그리고 그런 방송을 보는 시청자들은 PJ들의 도전에 박수를 보내주고.

그런데 한시민은 클라스가 다르다. 명실상부 강화 방송에서 비교할 대상을 찾을 수 없다.

게다가 긴장감까지 흘러넘친다.

이 PJ는 어떻게든 강화를 성공시킬 걸 알면서도.

한 번 강화하는 데 제물에 의식에 진지를 빨고 하루 종일 걸리면서 재미가 없어도 시청자들 입장에선 다른 방송으로 갈아타지 못할 만큼 중독성이 있다.

그 배경엔 준비 과정 동안 화면에 비치는 수많은 아름다운 여성이라는 이유가 있겠지만, 어쨌든 20만 원이라는 가치의 방송은 두 개의 무기 중 하나가 터지는 우여곡절을 겪는 끝에 스토리 퀘스트가 완료되는 훈훈한 내용으로 끝을 맺었다.

그저 마지막에 외전 부분이 조금 잘렸을 뿐이다.

하지만 지금 유저들에겐 그 외전이 가장 중요하다.

—19 걸고 제발.

—정지 안 먹음. 이런 걸로. 그냥 대놓고 노출하는 곳도 있는데 스토리상 필요한 부분을 왜 자르냐고!

—아, 제발. 시느님. 부탁드립니다. 시느님 건 관심도 없습니다.

제발 에피아만 보게 해주십시오.

–100만 원으로 올리셔도 좋습니다. 소리만 듣게 해주세요.

원래 19금 딱지가 달린 영화도 스토리가 뛰어나야 사람들이 많이 보지만 결국 가장 중요한 건 영화 내내 한두 번 들어가 있는 베드신이다.

모든 관람객이 그런 건 아니지만 꽤 많은 사람은 그걸로 영화의 완성도를 평가한다.

방송 역시 마찬가지 아니겠는가.

이미 한시민의 방송은 하나의 영화로 평가받아야 한다는 말까지 나오고 실제로 그의 전쟁 스토리는, 아니, 그의 것은 아니지만, 어쨌든 그가 찍은 한 편의 영화 같은 전쟁 방송은 이미 칸 영화제에도 올라갈까 말까 토론을 할 정도로 유명해지고 있다.

그러니 보여줘야 한다는 시청자들의 주장은 아주 당연하고 합당하다.

하나 종료된 방송은 그들의 부름에 답하지 않았다.

시청자들은 모여서 상상할 수밖에 없었다. 그 어두컴컴한 지하 창고에서 쓰러진 한시민 위에 있던 에피아는 다음으로 뭘 할까.

둘은 15강 한 손 검이 된 쌍검을 아무짝에도 쓸모없는 쓰레기처럼 떨군 뒤에 무슨 짓을 할까.

포돌이는 왜 오지 않는가.

시발.

이런 욕을 하면서.

한시민의 15강 강화가 끝날 때까지 천왕은 이리저리 헛걸음만 할 수밖에 없었다.

"아무래도 마족 놈들이 장난을 치고 있는 것 같습니다."

아리아의 기운이 느껴지는 곳으로 도착하는 족족 존재하는 건 대규모의 마족뿐 그 어디에도 아리아의 모습은 보이지 않았다.

대놓고 천족들이 아리아를 구하러 왔다는 걸 알고 놀리는 느낌을 받을 수밖에.

자연스럽게 인상이 찌푸려졌다. 이런 귀찮은 마족들의 함정들 때문이 아니다.

"아리아도 동조하고 있을 가능성이 있습니다. 혹은 세뇌를 당했을 수도……."

의심이 자꾸 들기 때문이다.

분명 천족들은 마족들의 정보에 의해 움직이는 게 아니라 아리아의 신성력을 찾아 움직이고 있다.

그걸 마족들이 역이용해서 천족들을 유인하거나 그런 상황이라고 쳐도 그건 어디까지나 아리아의 협조가 있어야 가능한 일이다.

세뇌에 비중을 싣고 생각하려 해도 마족들 따위에게, 심지어 마왕에게 세뇌를 당했다는 생각은 쉽게 받아들여지지 않는다.

천왕에게도 아닌 건 아니라고, 이건 신의 뜻에 위배되는 행위라고 당당하게 말하던 아리아가 아니던가.

정말 그녀가 세뇌를 당했어도 문제다.

세뇌를 당한 그녀를 구출해도 되는가.

머릿속이 복잡해졌다.

"지금 아리아의 위치는?"

"신성력이 느껴지는 곳이 현재 움직이고 있습니다."

"마음만 먹는다면 신성력을 완벽히 숨길 수도 있는데 어째서……."

"천왕님, 최악의 상황을 가정하셔야 할 것 같습니다."

"……."

만약 마족들에게 넘어갔다 해도 그래도 이전의 정이 있다면, 천왕과 천족들을 생각하는 마음이 있다면 이런 함정에 빠지도록 공조까지는 하면 안 된다.

이건 그냥 적당히 도와주는 느낌으로 끝날 문제가 아니지 않은가.

천왕과 천족들은 그들의 현재 마계와의 관계에서 사활을 걸고 마계로 넘어왔다. 오로지 그녀를 구하기 위해. 그런데 아리아가 천족들을 위험에 빠뜨리고 있다면.

결단을 내려야 할 때였다.

천왕이 고민하다 말했다.

"아직 모른다. 확실히 판단할 근거를 찾고 다시 결정한다."

신은 그만큼, 이런 상황에서도 천족 간의 신뢰를 줄 만큼 돈독했다.

"……."

아리아가 마왕성 지하 창고에서 나오는 한시민과 에피아를 보며 한숨을 내쉬었다.

"역시 마족의 개였어……."

"개라니. 반려 정도라고 해줘. 어차피 너도 지금 마족들한테 빌붙어서 편하게 생활하고 있으면서 왜 그래."

"……난."

"솔직히 신이 있었으면, 아니, 내가 신이었으면 마족의 개한테 속아서 목줄 차고 마계까지 와서 마왕이랑 악수도 하고 마왕의 무기를 강화하는 거 돕는 거 봤으면 당장에라도 뒈지라고 천벌을 내렸을 텐데 아무런 반응도 없잖아. 그러니까 신은 없는 거야. 아니면 있더라도 천족들이 생각하는 것처럼 모두에게 공평한 거지."

"말도 안 돼."

"봐봐. 지금도 천왕이랑 천족들이 마계로 넘어왔는데 별 도움도 안 주고 있잖아? 내 말이 맞지? 무슨 신은 전지전능하다니 뭐니 해도 너 하나 못 찾고 뻘짓 하는데."

"……."

"신성력으로 널 찾는다면서 애먼 성역이나 따라다니고. 내가 볼 땐 그런 멍청한 천족들하고 손잡는 것보다야 마족하고 손잡아 잘 먹고 잘사는 게 가장 현명한 선택이야. 그러니까 오빠만 믿고 따라와."

"맞아, 천족 계집. 넌 특별히 내 반려의 개니까 천족이었어도 예뻐해 줄게."

뭔가 사악한 악당의 무리 한가운데에 들어와 있는데 이상하게 거부감이 들지 않는다.

지금이라도 반박하고 저 악의 무리를 처치해야 한다는 생각은 자꾸 드는데 이상하게 몸은 반응하지 않는다. 아무런 구속도 되지 않았음에도.

한시민과 벌써 몇 달째 함께하면서 생긴 변화였다.

진짜 신은 존재하는가. 그렇다면 어째서 그녀에게 이런 시련을 주는가.

가치관에 혼란이 오니 한시민의 말에도 넘어갈 수밖에 없었다. 그러다 보니 신성력을 감추라는 말에도 동의했고 천족들이 함정에 빠지고 있음에도 별다른 죄책감을 느끼지 못했다.

큰 이유는 없었다.

왜 이러고 있나 생각하며 거슬러 올라가다 보니 여기 오게 된, 아니, 대륙에 가게 된 원천적인 이유가 떠올랐기 때문이다.

천왕!

물론 천왕 탓은 아니다.

멍청하게 그녀가 한시민에게 걸려 순순히 목줄을 썼을 뿐인데 할 짓 없이 생각만 하다 보면 원망도 들 수 있다.

어찌 됐든 구하러 왔지 않은가.

마음만 먹는다면 지금이라도 목숨을 걸고 천족들에게 돌아갈 수 있다. 지금도 마왕성 지하 창고에 갔던 둘의 부재로 도망칠 여건은 충분했으니까.

하지만 가지 않은 결정적인 이유는 하나다.

이제는 혼란스러웠다. 정말 돌아가도 마족들을 예전처럼

극도로 혐오하고 죽일 수 있을까.

그녀가 마계에서 보았던 마족들은 천족들과 사실상 크게 다른 게 없었다.

그저 만나면 싸운다는 걸 제외하면 마족들도 가정을 이루고 평범한 생활을 하고 있었으며 또 무작정 싸우기만 하는 것도 아니었다.

물론 아리아가 한시민과 강화를 위해 돌아다니다 본 지역 중엔 만나면 인사 대신 맞짱을 선택하는 곳이 대부분이었지만, 또 평범하게, 서로 간의 합의하에 싸움을 피하는 지역도 존재했다.

그런 곳에 사는 마족들은 정말 마족다운 외형만 아니라면 누가 봐도 인간, 천족과 다를 바 없었다.

마치 북한에 사는 주민이 남한 사람들의 삶을 본 느낌이랄까.

해서 아리아는 혼란스러웠다. 그렇기에 마음을 먹었다.

"이제 슬슬 가자, 자기야."

"응? 어디?"

"천왕이 왔는데 마중은 나가줘야지."

"괜찮겠어?"

"당연하지. 이거면 천왕한테 일대일은 절대 안 져."

"그래? 그럼 천왕 따고 천계 보물 창고 털러 가자."

"응!"

"가자, 아리아."

"……."

마지막으로 확인해 보리라.

19

천족들은 지칠 대로 지쳤다.

마계에 온 지 어느덧 2주. 그만큼 15강을 위한 준비는 오래 걸렸고 그동안 많은 마족이 시간을 끌어주었다.

거기에 가장 큰 역할을 한 것은 역시 한시민의 성역이었다.

마족들이 들고 다니며 직접 성역에 노출되는 상황을 감수해야 하지만 천족 놈들에게 엿을 먹이겠다는 일념으로 달려드는 마족들에겐 그런 희생 따위는 아무런 문제가 되지 않았다.

당연히 함정에 기다리고 있던 마족들 또한 자폭을 두려워하지 않고 달려들었고 천족들의 피해는 누적이 될 수밖에 없었다.

그럼에도 천족들은 투덜댈 수 없었다.

이건 전쟁이니까.

그들이 찾아왔다. 누구에게 하소연하겠는가. 지치는 것도

다 자신들에게만 손해 되는 일이다.

하지만 티 내지 않으려 해도 너무 오랜 시간이 흘렀다. 수면에 있어선 페널티를 받지 않음에도 정신적인 피곤은 도를 넘어섰다.

"더 이상 쫓지 않는다."

게다가 이쯤 되면 신성력이 아리아의 것이 아니라는 것쯤은 마계에 돌아다니는 똥강아지도 안다.

속고 있었구나.

아리아에 대한 오해는 어째서 그녀가 신성력을 숨겼느냐에 대한 것으로 바뀌었지만 어쨌든 분노를 감출 수 없었다.

해서 천왕은 작전을 변경했다.

그들의 전력은 줄긴 했어도 여전히 강했다.

"오지 않는다면 부르는 수밖에."

말하는 천왕의 표정은 한없이 차가웠다.

그와 함께 천족들은 신성력을 쫓는 대신 보이는 모든 것을 파괴하기 시작했다.

물론 황폐한 마계 땅이 파괴되는 것이야 마족들은 별 신경 쓰지 않는다. 하지만 일반 마족들이 모여 사는 곳은 다르다.

"꺄악!"

마족과 천족은 마족들끼리 만나서 싸우며 서열을 가리는 것과는 차원이 다른 원수지간이다. 서로 간의 종족에 대해 무슨 짓을 해도 편을 드는 것만 아니면 박수를 받을 정도의 앙숙.

천족들이 학살을 자행하는 것 또한 마찬가지다.

당연한 일이다. 반대로 마족들이 천계에 갔어도 마찬가지의 상황이 나왔을 것이다.

천족 1명의 희생이 마족 만 명의 희생보다 무겁다 생각하니까.

문제 될 건 없다.

마족들도 딱히 억울하게 죽지도 않았다. 그저 저주할 뿐.

하나 문제는 그거였다.

"……천왕님?"

하필 그 타이밍에, 드라마처럼 에피아와 함께 아리아가 그곳에 도착했다는 점.

역사적인 만남의 순간이 이루어졌다.

Episode 52.

사기의 정석

1

정말 우연이었을까.

그 문제에 대해선 조금 깊은 고찰이 필요한 듯 보였다.

"으, 잔인한 놈들. 아무리 전쟁이라도 그렇지 민간인을 학살하다니."

"저게 천족이야. 마족이랑 다를 게 없어."

왜냐하면 당장 천왕을 만나러 가자고 말한 타이밍은 우연 그 자체였기 때문이다.

한시민의 강화가 언제 끝날지도 모르고 끝나고 난 뒤의 외전 스토리가 진행되는 시간 또한 상당했다.

그러고 나서 지하 창고에서 나와 마왕은 소식을 들었고 별

다른 생각 없이 바로 가자고 했다. 그것은 곧 무기에 대한 자신감이었고 이런 계산 따위는 염두에 둔 것처럼 보이지는 않았다.

하나 보이는 풍경은 어떠한가.

기가 막히게 절묘하다. 정말 드라마나 영화에서나 나올 법한 연출이라고 해도 믿을 것이다.

왜 그렇지 않겠는가.

근 몇 주간 그저 마족들의 뒤만 쫓으며 아리아를 찾던 천족들이 때마침 마족들에게 있어선 민간인이나 다름없는 마족들을 학살하기 시작한 순간에 맞춰서 이곳에 아리아를 데리고 도착하지 않았는가.

그것도 멀리서 지켜보다 온 것도 아니다. 그냥 전속력으로 날아왔다.

에피아의 등에 업혀서 온 한시민으로서는 그래서 더 신기했다.

단 한 순간도 속도가 줄어든 적이 없다. 그런데 기가 막히다.

우연인지 연출된 상황인지는 물론 중요치 않다.

“……천왕님.”

“아리아.”

운명적인 만남. 이것엔 언제나 묘한 기운이 흐르게 마련이니까.

물론 천왕이 뜨끔해야 할 상황도 아니다. 마왕인 에피아뿐 아니라 아리아 또한 마족과 천족은 이런 관계라는 사실을 잘 알고 있다.

또한 전쟁이 났을 때 이런 상황이 일어날 수 있음 또한 인지하고 있다.

그렇기에 사실 그렇게 자극적인 상황은 아닐 수도 있다.

하지만 아리아는 예전의 상급 천족이 아니다. 천왕을 위해, 신을 위해 한 몸 던져 마족들처럼 불사 지를 각오가 되어 있는 그런 천사가 아니다.

"어떻게……."

낯설다. 그리고 잔인하다. 내가 알고 있던 천족들이 맞나 싶기도 하다.

그녀 역시 수백 년 전 대륙에서 마족들과 맞서 싸우고 잔인하게 죽였던 경험이 있지만 그것과 이것은 다르다.

아무런 반항조차 하지 못하는 마족들이 비참하게 죽어 나간다. 살려달라고 비는 마족은 아무도 없지만 그럼에도 천족들은 한 치의 망설임도 없이 최고의 고통을 주며 마족들을 학살한다.

머리로 알고 있는 것과 직접 보는 것은 또 차이가 크다. 특히 지금처럼 흔들리고 있는 상황에서는 더더욱.

"에피아, 이거 설계야?"

"글쎄? 반쯤?"

한시민이 슬쩍 에피아에게 물었다.

이건 그도 예상치 못했던 상황이다. 굳이 이런 그림을 만들지 않아도 아리아는 어차피 반쯤 넘어와 있었다. 그런데 에피아가 이런 그림을 그려주다니.

게슴츠레 뜬 눈으로 흥미롭다는 미소를 띤 채 팔짱을 끼고 보고 있는 그녀의 모습을 보고 있자니 반쯤 계획이라는 말이 거짓말처럼 들려왔다.

어쩌면 그녀는 이미 알고 있었을지도 모른다. 그리고 이용했겠지.

기다렸을 수도 있다. 아니, 어쩌면 천왕이 상급 천족 아리아를 구하러 왔단 말을 듣고 함정을 파며 시간을 끌 때부터 이런 그림을 생각했을지도 모른다.

'와, 미친.'

순간 소름이 돋았다.

이게 마왕이구나. 베타고가 프로그래밍한.

인간의 머리론 감히 생각조차 할 수 없는 마족다움이다. 누가 이런 식으로 한 명의 천족을 망가뜨릴 생각을 하겠는가.

아니, 한 명이 아니다. 여기까지 온 천왕을 비롯한 천족들까지.

"천족들은 멍청해. 무식하게 힘은 세지만 그들이 믿고 있는 신에 대한 맹신은 파고들기 너무 쉬워. 우리도 악신을 믿긴 하지만 숭배하진 않아. 신은 신일 뿐이니까. 관조하지만 삶에 도움을 주진 않잖아."

"……그런 얼굴로 그런 말 안 하면 안 될까. 상당히 어색한데."

어색하다뿐이랴.

이 촬영본을 생방으로 내보내지 않은 것에 우선 안도감부터 들었다.

상관은 없긴 하다. 어차피 게임 속 캐릭터고 시청자들이 하는 말 따위를 들을 수 있는 존재가 아니니까.

다만 뭐랄까.

동족들이 비참하게 소리를 내지르며 학살당하는 게 여전히 지속되고 있음에도 여유롭게 그런 것 따위는 일절 신경도 쓰지 않으며 아리아와 천왕의 어색한 만남을 즐기고 있는 마왕의 모습은…….

'어쩌면 대박일 수도.'

현실에서는 존재할 수 없는 매력이다.

어쩌면 에피아를 만난 건, 아니, 대륙에서 아리아 덕분에 마계에 넘어오게 된 건 한시민의 판타스틱 월드 역사상 다섯 손가락 안에 꼽는 행운이 아닐까.

만족하며 앞으로 나섰다.

어쨌든 결과적으로 에피아가 만들어준 아주 좋은 기회다. 영화는커녕 개인 소장용으로 만들던 졸업 작품에 월드 스타를 갑자기 초빙해 준 느낌이랄까.

주연으로 그런 급의 배우가 캐스팅됐는데 스토리를 보완하는 건 당연한 일.

한시민이 흔들리는 눈빛으로 천왕을 주시하는 아리아에게 다가갔다.

둘은 아무 말도 없었다.

사실 별로 말할 것도 없었다. 이해하지 못하는 아리아가 천왕의 입장에선 이상해진 것이고 아리아 역시 그를 알고 있으니까.

모를 리가 없다. 세뇌된 게 아니니까.

그래서 중요하다. 이제부터가.

목을 가다듬은 한시민이 그녀의 어깨를 토닥이며 세상 진지한 표정으로 미소를 띠었다. 따뜻하고 자애로운 미소였다.

정말 천족이 보기에도 저 정도면 신은 아니더라도 신의 아들 정도는 되어 보일 법한 자애로움.

"아리아, 가도 좋아."

"……?"

그리고 내뱉어지는 뜬금없는 리얼 감동 실화.

멍하니 천왕을 보며 심경을 추스를 생각도 못 하던 아리아가 의아한 표정으로 한시민을 본다.

하나 본다고 달라질 건 없다. 이미 한시민의 얼굴엔 가식적인 미소가 가득했으니까.

"이거 풀어줄게. 이제 구속 안 할 테니 원하는 대로 해. 널 구하겠다고 천왕까지 나서서 목숨을 걸고 왔고, 또 너 하나 때문에 아무 죄 없는 마족들이 죽어 나가는데 내가 이런 식으로 널 붙잡고 있어봐야 무슨 의미가 있겠니. 차라리 이쯤에서 널 놓아주는 게 에피아의 마족들한테도 좋고 천족들한테도 좋을 것 같다."

"……."

거기에 내쉬는 한숨까지. 완벽한 콜라보레이션이다.

어쩔 수 없이 자의적으로 놓아주는 척하지만 사실은 다 너 때문이라는 뉘앙스를 가득 풍기는 말.

죄책감이 들 수밖에 없다.

왜 그렇지 않겠는가. 당장 지금도 천족들은 천왕의 멈추라는 명령이 없어 마족들을 계속 학살하고 있다. 물론 지금은 에피아와 함께 도착한 마족들이 섞여들어 모든 마족이 아무런 전투 의지가 없는 건 아니겠지만 어쨌든 처음부터 보았던 아리아로서는 그 장면들이 자꾸 머리에 맴돌 수밖에 없다.

그게 전부 그녀 때문이라는 생각은 죽음도 불사하는 아리아에게 부담감이 된다. 그렇게 생각하는 그녀의 목줄을 풀어

준다.

"자, 가."

쿨하게, 미련 따위는 조금도 없다는 듯.

시선조차 주지 않고 등을 돌린다.

어느새 한 몸처럼 여겨지던 목줄이 풀린 아리아가 허망한 표정으로 그녀의 새하얗고 가녀린 목을 매만진다.

진짜 해방된 건가. 정말? 이 인간이?

고민도 잠시, 아리아는 천족들이 있는 쪽으로 걸음을 옮겼다. 흔들리고 있다고는 해도 어쨌든 그녀는 천족이다. 어째서 이런 짓을 했는지, 꼭 해야만 했는지에 대한 질문은 일단 돌아가서 해도 늦지 않다.

어찌 됐든 마족과 손을 잡은 인간과 평생을 함께할 수는 없는 노릇. 천천히 걸음을 옮기는 아리아를 한시민은 끝내 잡지 않았다.

아니, 잡기는커녕 등을 돌린 뒤로 시선조차 한 번 주지 않았다.

그저 기다렸다. 진짜 감동 스토리를 그려내기 위해선 기다려야 한다.

어찌 보면 도박이다. 하나 한시민은 믿었다.

그를 믿은 게 아니다. 아리아를 믿은 것도 아니다.

결국 아리아는 돌아갈 것이다. 그 정도쯤은 이미 예측하고 있었다.

왜 그렇지 않겠는가. 아무리 그래도 꽤 오랜 시간 함께했고 사상을 뒤흔들 정도로 한시민이 연설을 했다고 해도 결국 수백 년을 뼛속 깊이 새겨온 가치관이란 그렇게 쉽게 흔들리지 않는다.

평생 그렇게 확고하게 살지는 못할지언정 돌아갈 기회가 생긴다면 관성처럼 돌아갈 것이다.

한시민은 그렇게 돌아가는 그녀를 맞이할 천왕을 믿었다.

"잠깐, 아리아. 멈춰라."

"……?"

인간이든, 천족이든, 하물며 천왕이든 똑같다.

살아 숨 쉬는 생명체라면 누구나 가질 만한 의문과 의심. 마왕조차 피하지 못하는 사고하는 생명체들의 당연한 생각들. 그걸 믿었다.

"거기서 한 발자국도 움직이지 마라."

막장 신파극의 시작이었다.

"천왕님……."

"아리아, 더 이상 다가오지 마라."

"……."

무슨 말이 더 필요하겠는가.

천왕은 의심스러운 눈빛으로 다분히 경계하며 아리아를 막았고 아리아는 당황한 눈빛으로 그런 천왕에게 억울함을 호소했다.

하나, 한번 돌아간 마음은 되돌릴 수 없다.

의심.

그 돈독하고 절대 깨지지 않을 것만 같던 댐엔 이미 손톱만 한 구멍이 뚫려 있었다.

아리아가 그럼에도 한 걸음 더 나아갔다.

천왕은 이번엔 오지 말라 말하지 않았다. 대신 무기를 뽑아 들었다.

명백한 경고다. 그리고 선언이다.

널 더 이상 천족으로 인정하지 않겠다.

의심을 할 수도 있지만 지금 상황은 너무 좋지 않다. 천천히 의심하고 돌아가서 정확한 사태를 파악하기엔 천족들에게 닥친 위기는 너무나도 거대하다.

마왕마저 나타났다. 마계에 무슨 커다란 일이 있어 어쩌면 좋은 기회가 될지도 모른다는 생각은 이미 사라진 지 오래다.

마왕은 건재했고 오히려 천왕조차 무시하기 힘든 포스를 마구 뽐내고 있다.

적에게 자신의 힘을 숨겨야 하는 건 당연한 이치 중의 이치. 그런데도 이토록 강력한 존재감을 뽐내고 있다는 건 그만큼 자신이 있다는 뜻이다. 혹은 이만큼 뿜어내면서도 숨기고 있는 힘이 있다는 뜻이거나.

그런 만큼 더 진중해야 한다.

만약 아리아가 이미 저들에게 넘어간 상황이라면, 그래서 천족들에게 별 대가 없이 넘겨주는 것이라면.

그리고 뒤통수를 치기 위함이라면, 돌아가는 도중에 방심을 찔러오는 기습이 있다면 천왕은 천족들 수천의 목숨을 책임져야 한다.

당연히 그가 아끼던 상급 천족을 데려가고 싶지만, 아니, 그녀를 데려가기 위해 이곳까지 왔지만 생각이 바뀌었다.

이 상황은 위험하다. 소멸이 아닌 이상에야 미래를 기약할 수 있지만 만약 여기서 그 이상의 피해를 입게 된다면 당장 수천의 중급 이상의 천족뿐 아니라 천계 자체가 위험하게 된다.

그것만큼은 피해야 한다.

"……."

그래서 나온 결정이다. 여기까지 왔음에도.

아리아 또한 안다. 천왕이 무슨 생각을 하는지, 그가 왜 이러는지.

하나 받아들이고 싶지는 않다.

고작 이렇게 뻔한 수작에? 의심한다고? 날?

한 걸음, 두 걸음.

명백한 위협에도 불구하고 다가간다.

그리고 천왕의 사정거리 안으로 들어선 순간. 천왕은 미련 없이, 단 한 치의 망설임도 없이 신의 철퇴를 휘두른다. 마족에게 신의 심판을 대신하듯.

아리아가 눈을 감는다. 한시민의 말이 맞았다.

천족이라고 신의 종족이 아니구나. 결국 하나의 신이 만든 종족이었구나.

깨달음은 언제나 늦다. 늦은 깨달음은 홀로 대처할 수 없다. 특히 천왕의 철퇴는 더더욱.

후웅—

순식간에 도달한 철퇴는 그녀의 머리를 깰 듯 무지막지한 기세로 날아왔다.

팅—

하나 그 철퇴는 신의 심판을 대행할 수 없었다. 아주 가볍게 막혔으니까.

"건드리지 마, 자식아. 이젠 내 사람이니까."

마치 자신이 천왕의 공격을 막은 듯한 뻔뻔함!

그러나 공격을 막은 것은 에피아였고 한시민은 저 멀리서 이쪽을 보며 생색을 내는 것뿐이었다.

2

천왕의 철퇴는 '신의 철퇴'라고 불린다. 신을 대리하는 유일한 자의 철퇴!

신의 말을 듣는다는 교황과는 차원이 다르다.

사실 교황을 비롯한 성녀와 접선하는 건 전부 천왕을 거치는 일. 그런 천왕의 힘은 가히 신을 대리한다고 말해도 될 정도로 대단하다.

엄청나다.

괜히 그런 말을 자신의 입으로 하고 다니는 게 아니다. 그만큼 자신이 있는 것이다. 그리고 그 말을 인정하지 않는 이들의 불만을 실력으로 전부 잠재워 온 것이다.

그런 그가 철퇴를 휘둘렀다. 수백 년을 함께한 천족에게, 신의 이름으로 심판하겠노라고.

천족을 배신하고 마족의 편에 서서 한때는 동료였던 이들을 위험에 몰아넣은 죄로.

물론 확실한 건 아니다. 하나 상황이 상황인지라 판단하고 결정 내렸다.

안타까운 마음은 가득하지만 손속엔 망설임이 없었다. 절대 실수하지 않는다는 확신에서 나오는 자신감이었다.

자신감만큼 위력도 대단했다.

만약 정말 에피아가 아니었다면 철퇴는 그대로 다가오는, 막을 생각도 않는 아리아를 심판했을 것이다.

"미안하지만 얘는 안 돼."

"……마왕 에피아."

"우리 자기 거거든."

콰!

괜스레 한시민의 마음을 두근거리는 말을 내뱉으며 그대로 맞붙은 검을 폭발시킨다.

근거리에서 터지는 신성력과 흑마력의 마찰. 그것도 마왕과 천왕의 힘에 가장 근접해 있던 아리아가 그대로 튕겨져 나간다.

한시민이 얼른 달려가 아리아를 부축했다.

"괜찮아?"

"……."

"그러게 내가 말했잖아. 천왕도 다 똑같다고. 돌아가면 뭐 아닌 게 맞게 될 줄 알았어? 세상 숨 쉬는 놈들은 다 똑같아. 베타고도, 아니, 신도 마찬가지고. 남이 잘되는 꼴을 못 봐. 저것 봐. 자기들이 죽을 것 같으니까 아무 죄 없는 마족들을 학살하고 이제는 네가 배신했다는 증거도 없는데 심증만으로 죽이려고 하고. 이게 신이 원하는 그런 세상이야? 천족들이 귀족인?"

그러곤 끊임없이 세뇌한다.

정말 이 정도 했으면 넘어와도 이상할 게 없는 끈질김.

아리아는 인상을 찌푸린 채 아무 말도 하지 않았다.

천왕이 그녀를 죽이려 했다는 사실이 충격적으로 다가올 수밖에 없다.

물론 죽어도 나중에 다시 살아나긴 한다. 그때 오해를 풀면 된다는 현명한 판단이었을 수도 있다. 하지만 이 역시 머리로는 이해해도 가슴으로는 이해할 수 없다.

특히 아리아는 남들보다 넓은 가슴으로 세상을 포용하는 상급 천족. 그런 그녀가 받아들이지 못했다.

하나 그렇다고 해도 뭐라 바로 할 수가 없는 게 어쩌겠는가. 그녀는 마음이 내키는 대로 행동할 힘이 없다.

한시민이 그 마음을 잘 알기에 위로해 주었다.

"걱정 마. 내가 있잖아. 에피아가 혼내줄 거야."

에피아는 이길 것이다.

무조건.

그렇기에 호언장담할 수 있었다.

"지면 인간이, 아니, 마족이 아니지. 내가 무슨 개고생을 해가며 무기까지 터뜨려서 15강 해줬는데."

생색 하나는 기가 막히게 내는 한시민이었다.

그러거나 말거나 천왕과 에피아는 곧바로 전투에 들어갔다.

더 할 말이 없었다. 천왕은 아리아를 죽이려 했고 에피아는 그를 막았다. 명백한 선언이다.

"이 자리에서 죽여주마."

"흐응, 난 침대에서 죽고 싶은데?"

"천한 계집."

그리고 확신 따위는 중요하지 않은 두 종족 간의 수장의 만남이다.

평소엔 마계와 천계의 안정을 위해, 그리고 숨겨진 전력의 변수를 계산하기 힘들어 선불리 나서지 않지만 이렇게 만난 자리에서까지 간을 본다는 건 말도 안 되는 일이다.

등을 돌리는 순간 죽는다.

죽지 않고 돌아가도 죽는 것이나 다름이 없다.

천왕과 마왕의 싸움에서 어느 한쪽이 등을 돌렸다. 이는 곧 패배의 인정이니까.

만나지 않았으면 모를까 만났다면 어느 한쪽은 죽어야 한다.

검과 철퇴가 또 한 번 만난다.

쾅!

만남과 함께 또다시 공간이 찢어진다.

감히 신을 입에 언급할 수 있는 손가락에 꼽을 자들의 싸움.

한 번, 한 번의 공수에 모두의 침이 삼켜진다.

마족들을 학살하던 천족들도, 에피아와 함께 온 마족들도 숨을 죽이며 둘의 전투를 지켜본다.

돕고 싶지 않아서가 아니다. 한시민이 촬영 중이라는 사실에 극적인 분위기를 연출하기 위해 도와주려는 것도 아니다.

살고 싶어서다.

저기서 뭘 더 어떻게 도와주겠는가. 가만히 있는 게 도와주는 거라는 말은 괜히 있는 게 아니다.

수만 년 전부터 이어져 온 전통 같은 이유도 그거다.

천왕과 마왕의 결투는 언제나 일대일.

정정당당이라는 단어 따위는 갖다 붙일 이유도 없지만 결국엔 그렇게 됐다.

온갖 계략에 함정을 다 파도 결국은 일대일이다.

조금이라도 불리하다 싶으면 가끔 부하들을 희생양으로 내몰기도 한다.

상급 이하의 천족이나 마족들은 상대방의 전력을 0.1%라도 깎는 데 전혀 도움이 안 되지만 그래도 최상급 정도 되는 이가 수십이 된다면 적어도 1%라도 분위기를 이쪽으로 끌어올 수 있다.

여긴 마계고 마족들의 앞마당임을 생각해 보면 천왕은 그렇게라도 했어야 하는 게 맞다.

하지만 천족들을 살리자고 돌아오는 아리아를 내친 천왕이다.

"철퇴가 꽤 강한데?"

"……."

묵묵히 막아내는 천왕과 빠른 움직임으로 검을 찔러 넣는 에피아.

둘의 전투는 그런 의미에서 막상막하였다.

하나 그건 지켜보는 이들만의 느낌.

천왕은 느끼고 있었다. 에피아의 도발에 말이 없는 것도 그런 이유였다.

'……강하다.'

마왕이 된 지 얼마 되지도 않은 햇병아리 같은 마왕이다.

특히 전투 능력으로는 중급 마족에도 속하지 못하는 서큐버스 종족.

그런 그녀가 어떠한 종족적 특성을 사용하지도 않고 일방적으로 천왕을 몰아붙이고 있다. 그것은 분명한 기선 제압이다.

인정하고 싶진 않지만 인정해야 했다.

'밀린다.'

진홍빛 잔상을 남기며 화려하게 춤추듯 움직이는 검은 기교에 치우쳐도 이상하지 않으리만큼 야리야리했지만 묵직한 철퇴를 뚫을 만큼 강력했다.

대체 저런 사기적인 무기가 어떻게 있나 싶을 정도.

하나 천왕은 그런 의문을 여유롭게 품을 수 있는 상황이 아니었다.

우웅-

이런 전투에서, 한 치의 양보 없는 전투에서 한 걸음 밀리는 건 곧 진다는 뜻이니까. 전력을 다해야 했다.

어두운 마계에 신성력이 요동치기 시작했다.

3

그러는 동안 켄지는 전쟁을 준비했다. 한시민이 마계에 간 지 어언 두 달째.

그가 없는 동안 뭐든 조금이라도 더 뽑아먹어야 한다는 생각은 그를 움직이게 만들었고, 끝이 보이지 않는 계좌 속 돈들의 끝이 어디인지 확인할 기세로 판타스틱 월드에 쏟아붓게 만들었다.

전쟁. 전쟁. 전쟁.

한시민이 가끔 켜는 마계 방송을, 그것도 이제는 20만 원으로 고정된 시청료임에도 시청자 숫자가 10만을 넘는 괴물을 수익 면에서 이길 수는 없었지만 켄지는 그와 같은 정책으로 시장에서 이길 생각을 하지 않았다.

완전 무료!

사실 무료로 채널을 이용해도 수익이 나온다. 아니, 오히려 한시민과 같은 기형적인 수익 구도가 아니면 유료 채널보다 무료 채널이 수익을 훨씬 많이 뽑아낼 수밖에 없다.

시청자 숫자에 의한 광고 수익.

시청자 숫자가 한정된 플랫폼의 경우 미래가 막막한 경우가 많지만 판타스틱 월드는 그렇지 않다.

전 세계 모든 사람이 핸드폰으로, PC로, TV로 쉽게 접근할 수 있고 하루 24시간 내내 클릭 한 번으로 시청할 수 있다.

그 시청자 수가 얼마겠는가.

좋은 컨텐츠에 인기 있는 PJ들은 정말 방송 한 번에 기본적으로 백만 단위의 시청자를 뽑아낸다.

거기에 딸려오는 광고 수입?

막말로 한시민 부럽지 않다고 말들 한다.

물론 한시민이 통장에 꽂히는 수익을 까면 부러워들 하겠지만 어쨌든 켄지만큼은 부러워하지 않았다.

그는 한시민 통장에 쌓인 돈 중 대부분이 그의 지분이라는 것을 알고 있다.

게다가 돈을 위해 방송을 하는 게 아니다.

인지도, 유저 최고.

대부분은 한시민과 스페셜리스트를 최고라 꼽지만 그것도 언제까지다. 세상에 영원한 건 없다. 켄지는 지금이 그 기회라고 생각했다.

"길마님, 2차 각성했습니다."

"고생했어요, 다이노."

"다 길마님의 지원 덕분입니다."

때마침 들려오는 좋은 소식.

"때가 된 것 같네요."

켄지가 방송 목록들을 쭉 훑어봤다.

이 순간만을 기다리고 있었다. 다이노가 스토리 퀘스트 2단계를 완료하고 2차 각성을 한 순간, 그리고 계속되는 전쟁으로 시청자들을 쌓고 쌓은 뒤 절정이 된 이 순간. 마지막으로 한시민의 방송이 꺼져 있는 지금.

"전쟁을 시작하겠습니다."

지금까지와는 차원이 다른, 유저 최초의, 한시민조차도 시도하지 못했던, 아니, 안 했던 컨텐츠가 켄지의 방송을 통해 전 세계로 퍼져 나갔다.

켄지가 지금까지 해온 것은 영지전이었다.

영지와 영지 간의 전쟁. 영지의 모든 것을 건 한판 대결.

규모가 작을 수밖에 없다.

물론 그마저도 유저들은 쉽게 접하지 못하는 건 사실이고 매번 영지전을 할 때마다 전력이 증가해 규모가 느는 걸 보는 맛으로 지켜보던 시청자들은 영지전 때마다 늘어날 수밖에 없었다.

비록 마계에서 그것과는 차원이 다른 것들을 중계하는 한시민과 비교할 수 없지만 그래도 유저들 입장에서는 그나마 현실적인 켄지 방송은 한시민 방송 다음으로 인기가 많을 수밖에 없었다.

무엇보다 무료다.

집에서 하루 종일 판타스틱 월드만 보는 것을 일생의 낙으로 삼는 사람들이 늘어나고 설사 일을 할지언정 집에 돌아와 지친 피로를 판타스틱 월드 영상으로 푸는 사람들에게 있어 이보다 좋은 방송이 어디 있겠는가.

정복감이 있다.

구더기 같은 영지 하나 비싸게 사서 밑바닥부터 시작하는 느낌이다.

물론 거기에 들어가는 어마어마한 현금은 차라리 한시민이 더 감정이입이 될 만큼 비현실적이긴 하지만 어쨌든 그 과정은 시청자들에게 공개되지 않는다.

그렇게 켄지 영지의 규모는 점점 커져 갔고 이제는 때가 왔다.

대대적으로 홍보하고 공지했다.

거기에도 돈이 들었음에도 켄지는 개의치 않았다. 전쟁에 들어가는 돈에 비하면 방송을 위해 쓰는 돈은 돈이라고 느껴지지도 않는다.

게다가 늘어나는 시청자 수들과 고정적으로 들어오는 사람들의 수를 보면 더 쓸 의향도 생긴다.

그렇게 모은 시청자들에게 진중한 표정으로 말했다.

"저희 길드는 이제, 왕국을 먹을 생각입니다."

중대 발표!

—ㄷㄷ 유저 최초.

—ㄹㅇ 세계 최초임.

—우주 최초 아니냐.

시청자들은 당연히 흥분했다.

유저가 왕국을 먹는다.

이는 영지를 먹는 것보다 훨씬 엄청난 일이다.

게임을 조금이라도 플레이해 본 유저라면 왕국은커녕 영지의 주인이 되는 것도 얼마나 힘든 일인지 알 테니까.

게다가 켄지가 먹겠다고 선포한 왕국의 이름에 시청자들이 더 열광했다.

—거기 리치 영지 근처 아니냐?

—바로 옆은 아니지만 지리적으로 가깝긴 하지.

—워낙 리치 영지가 교통의 요충지다 보니.

게임 초기부터 벗어날 수 없는 라이벌 관계. 그 향방의 스토리에 대한 떡밥이 던져졌기 때문.

"그 부분은 노코멘트 하겠습니다."

켄지의 의미심장한 말과 함께 전쟁의 준비가 시작되었다.

4

"워우."

어찌 보면 보스 몬스터와 보스 몬스터의 대결이다.

일반적인 게임에선 결코 볼 수 없는 진귀한 장면.

게다가 이건 게임 내 NPC조차도 본 사람이 아무도 없을 만큼 역사적인 전투기도 하다. 언제 천왕과 마왕이 싸우는 걸 직관하겠는가.

휘몰아치는 신성력과 그에 맞서 폭풍우 치는 흑마력!

"진짜 판타스틱 월드는 운빨이라는 게 맞네."

거리를 벌릴 대로 벌려놓고 구경하는 한시민이 고개를 끄덕였다.

인생은 타이밍.

강화하는 사람들이라면 누구나 입에 버릇처럼 달고 다니는 말이 여기에도 통용된다.

"켄지는 죽어라 돈 써서 전쟁하는데 난 운 좋게 마계 와서 거저먹는구나."

물론 켄지를 동정한다거나 혀를 차는 어리석은 행동 따위는 하지 않았다.

"이렇게 운이 하늘에서 쏟아져도, 시바. 이렇게 100년을 벌어도 켄지 통장 발톱 때만큼도 못 쫓아가겠지."

애당초 출발선 자체가 달랐으니까.

한시민은 벌기 위해 숨을 쉰다면 켄지는 쓰기 위해 숨을 쉰다.

무료로 백날 방송을 진행해 수익이 한시민을 따라올 수 없다고 해도 켄지는 그보다 가치 있는 명성을 챙겨 간다.

게임 내적으로는 켄지가 한시민을 부러워할 수밖에 없는

구도지만 결국 인생 전체로 보면 한시민은 반대로 켄지가 부러웠다.

"내가 켄지만큼 돈이 있었으면 이 지랄 안 하고 잘 먹고 잘 살 텐데."

요즘엔 조금 그런 마음이 덜 들긴 했다. 그 역시 돈은 있을 만큼 있으니까.

해서 여유롭게 왕국과의 전쟁을 준비하는 켄지 방송을 켜 두고 열심히 촬영에 매진했다.

왕국을 차지하기 위한 전쟁 준비도 분명 흥미롭고 시청자들이 좋아할 만한, 유저 최초의 컨텐츠고 한시민이 촬영 중인 마족의 입장에서 찍는 천왕 레이드 또한 다시는 보지 못할 컨셉의 영상이다.

"우리 호갱님인데 잘되셔야지."

열심히 응원도 해주었다.

그만큼 여유가 늘었다. 예전이었으면 아마 엿 먹어보라고 전쟁을 본격적으로 시작하는 타이밍에 맞춰 방송을 켰을 것이다.

하나 지금은 아니다. 그런 사소한 일로 호갱님의 심기를 상하게 할 필요는 없다. 게다가 이건 중간부터 보면 맛이 떨어진다.

"천신의 분노를 받아라!"

콰르릉!

신 따윈 조금도 비집고 들어올 공간이 없어 보이는, 온통 암흑뿐인 마계에서 내리치는 신의 천벌!

천왕의 스킬에 에피아가 순식간에 검을 들며 방어한다. 방어하고 맞받아친다.

"악몽의 전주."

15강 한 손 검에서 새어 나오는 진홍빛 오라에 짙은 어둠이 섞인다.

반경 수백 미터를 뒤덮는 신성력과 흑마력의 조화!

각자의 주력 스킬들이 마구 뿜어져 나온다.

한 치의 물러섬도 없다. 여기서 죽겠다는 의지로 싸운다.

천왕과 마왕이면 뭔가 소설에서처럼 눈빛만으로 상대를 제압하고 그럴 것 같지만 실제로는 정말 치열하게 공수가 오간다.

가만히 앉아 태어날 때부터 왕이 된 게 아님을 증명이라도 하듯 아주 미세한 차이로 공격을 피하고 찔러 넣는다.

"……저것들 잡을 수는 있는 건가. 진짜 판월 100년 뒤쯤이나 망하겠는데."

움직임을 따라잡을 수가 없다.

눈이 너무 높아진다.

보는 이들에게 너무 배려 없는 전투에 허탈해지거나 말거나 천왕과 마왕은 계속해서 싸운다.

백 년, 천 년이라도 싸울 듯 격렬하다.

하나 절대자들의 전투는 생각보다 길게 가지 않는다. 둘 다 강해서 한 달 내내 싸우며 장기전으로 가는 건 다 소설 속의 이야기일 뿐이다.

전투에서의 승부를 가리는 건 단 한 수.

세상을 삼킬 것 같은 광역기가 피할 수조차 없는 사방에서 들이닥쳐 와도 침착하게 받아치며 접근한다.

대륙에서, 아니, 마계 천계를 통틀어 가장 강한 방패를 뚫어야 한다.

팟—

신성력의 폭풍 속에서 기회를 보던 에피아가 일순 시야에서 사라졌다.

증발.

겨우 흔적이나마 쫓던 한시민이 놀랐다.

그리고 놀란 건 그 혼자만이 아니었다.

"……!"

천왕조차도 순간 놓쳤다.

아주 잠깐, 0.01초 만에 일어난 일이었지만 그것은 결코 한순간의 해프닝이 아니다.

천왕이 집중하고 있는데 상대의 움직임을 놓쳤다는 뜻은

잠시나마 상대가 천왕보다 빨랐다는 뜻이다.

물론 심각한 일은 아니다.

빠를 수 있다.

천왕이 자신하는 건 스피드보다는 묵직함이다.

어차피 모든 걸 막는 방패는 상대의 움직임 따위와 상관없이 묵묵히 그 자리에서 막아낸다.

막아내고 묵직함으로 상대를 압살한다.

그렇게 지금처럼 해왔듯 하면 된다.

해서 다시 평정을 되찾았다.

거기까지 걸린 시간이 1초가 채 되지 않는다. 휘몰아치는 신성력의 폭풍이 놓친 에피아를 대비하기 위해 조금 더 강해지기까지.

그 짧은 1초의 시간. 그것은 곧 에피아에겐 기회였다.

"안녕?"

어느새 천왕의 뒤에 도착해 장난스럽게 속삭이는 에피아. 그녀는 말하면서 그녀가 힘겹게 얻은 1초도 되지 않는 시간을 헛되이 쓰지 않았다.

푹–

절대 뚫리지 않는 방패를 두부 가르듯 파고 들어가는 15강 검.

아주 자연스럽게, 마치 거기에 원래부터 꽂혀 있었다는 듯 파고든다.

철퇴를 휘둘러 막고 자시고 할 틈도 없다. 어느새 찔러지는 검은 천왕의 왼쪽 심장을 향해 나아간다.

"……!"

이대로는 죽는다. 천왕이라고 심장이 찔려도 죽지 않는다거나 하는 행운은 바랄 수 없다. 모든 생명체는 심장이 멎으면 죽게 된다.

당연한 이치.

천왕이 순간적으로 몸을 틀었다. 그는 절대 뚫리지 않는 방패지만 단 한 명의 예외가 변수로 작용할 줄은 꿈에도 몰랐다.

마왕 에피아.

그녀의 검은 천왕이 생각했던 것보다 강력했다.

그럴 수밖에 없다. 15강. 그것은 천왕의 계산에 없던 어마어마한 위력을 발휘했으니까.

전력을 다해 일점 방어를 해야 하는 상황에서 타깃을 놓쳤다. 뚫리는 게 당연하다. 그 당연한 순간 속에서도 어떻게든 살고자 몸을 피한 것이다.

천왕이 지금껏 신을 모셔온 덕에 얻은 천운일까.

에피아의 검은 천왕의 등을 파고들었지만 깊숙이 들어가지 못한 채 살만 베고 스쳐 지나갔다.

피가 튀고 성스러운 날개가 찢어진다.

하지만 그게 끝이다. 심장은 무사했다.

분명 이런 싸움에서 이런 상처는 치명상으로 작용하고 상대에게 우위를 넘겨주는 치명적인 상처임엔 확실하지만.

"첫."

에피아가 혀를 차며 황급히 자리를 떴다.

쾅!

그 자리에 날벼락이 떨어졌다.

"과연."

마왕이 몇 번이나 바뀔 동안 천왕의 자리를 지킨 자답다. 가위바위보로 유지한 게 아니라는 게 체감된다.

그 찰나의 순간에 본능적으로 피하다니.

갈기갈기 몰아치는 신성력의 폭풍 속에 온몸에 자잘한 생채기가 난 에피아가 요염한 미소를 띠며 입술을 핥았다.

재미있다.

이미 옷이라는 본연의 의미를 상실한 드레스와 피가 그녀의 흉미를 더욱 돋보이게 해주었다.

자신의 상처는 돌보지 않는 마왕. 그리고 날갯죽지가 찢긴 천왕.

서로 간의 일격을 주고받은 뒤 이어지는 잠깐의 여유. 휴식 타임이 아니다.

"제법이군."

"그 순간에 피하다니. 재밌잖아?"

다시금 정비를 하는 것이다.

그 정비를 위해 신성력이 다시 움직였다.

치유!

천왕이 어떻게든 목숨만을 지키기 위해 날개를 희생한 까닭.

천족에게 있어 날개는 생명보다 소중하지만 진짜 생명과 비교하기엔 한없이 부족하다. 해서 포기할 수 있었던 것이다. 다시 치유하면 되니까.

천왕은 그 정도의 힘이 있다. 신성력이 천왕의 상처 부위로 응집된다.

"안 되지."

그를 보며 에피아가 나직이 중얼거린다. 그리고 요염한 미소와 함께 검을 휘두른다.

신호였다.

콰콰콰콰쾅!

에픽 레전더리 등급의 한 손 검에 붙은, 15강만이 가질 수 있는, 운이 좋아 붙은 특수 옵션의 발동을 알리는.

"와, 미친."

팝콘을 뜯던 한시민이 감탄을 터뜨렸다.

그만큼 놀라운 광경이었다.

뭐랄까.

죽지만 않으면 무한히 힐이 가능한, 체력이 100%로 차는 사기 같은 보스 몬스터를 공략하는 버그 아이템을 본 느낌이랄까.

[+15 각성한 서큐버스 여왕의 영혼 검]

* 등급: Epic Legendary

* 착용 레벨: 300

* 착용 조건: 서큐버스 여왕

* 공격력: 3,900(+42,141)

* 옵션 1: 공격력 +7%(+33%)

* 옵션 2: 매혹된 상대에게 치명적인 일격 대미지 +14%(+42%)

* 특수 옵션 1: 공격 시 매혹 확률 +7%(+22%)

* 특수 옵션 2: 장인의 영혼이 담긴 무기. 파괴되거나 소멸하지 않는다.

* 각성 옵션 1: 출혈 부위 흑마력 주입 시 폭발, 치유 불가 저주 적용.

없던 옵션이다. 이제는 한 손 검이 된 것에 대한 보상이라고 생각해도 될 정도로 훌륭한 옵션이다.

치유 불가 저주.

이는 곧 마족들의 천적인 천족들에게 팔다리 하나씩 내놓으라고 엄포를 놓는 옵션이니까.

특히 특수 옵션 2번과 연계하면 거의 대천족 학살 무기라고 봐도 무방하다.

거기다 효과까지 입증되었다.

"……."

"후후. 왜? 치유가 안 돼?"

무려 천왕에게까지 위력이 발휘된다.

저주의 효과가 얼마나 갈지는 싸워봐야 알겠지만 이런 거슬리는 옵션들의 적용은 천왕과 마왕의 전투에서 분명 확실하게 도움이 될 것이다.

에피아가 여유를 찾고 놀린다.

확신을 가질 수 있었던 일격이었다. 물론 심장을 찌르지 못한 건 예상외의 일이었지만.

그래도 괜찮다.

고작 무기의 옵션 하나만으로 이런 우위를 점했다.

거기에 아까와 같은 그녀의 돌발적인 힘이 더해진다면 승부는 굳이 끝까지 가지 않아도 쉽게 점칠 수 있으리라.

아직 천왕이 꺼내지 않은 변수가 있으리란 생각을 버릴 순 없음에도.

방심만 하지 않으면 이긴다.

"뭐야, 마왕이 이기고 있는 거야?"

"역시 15강 검이 확실히 좋긴 한가 봐요."

"마왕이 이기면 어떻게 되는 거냐."

"이기면 좋은 거지, 우리 편인데."

그건 이제 막 도착한 스페셜리스트도 느끼는 바였다.

누가 봐도 별다른 변수만 없다면 승리는 결국 마왕의 것으로 돌아가리라.

"뭔가 찝찝하단 말이지. 정의가 이렇게 쉽게 무너져도 되나 싶고."

"시민 오빠가 개고생해서 15강 만든 거 생각하면 뭐. 당연한 거 아니겠어? 베타고도 생각이 있으면 마왕이랑 천왕이랑 비슷하게 강하게 만들어 놨을 텐데 들고 있는 무기에서 스펙 차이가 나는데."

"하긴."

그리고 이어지는 세상은 혼돈이겠지.

대륙에 미치는 영향은…….

"어떻게 되려나."

상상할 수는 없지만 어쨌든 결코 유저들에게 마계와 천계의 전쟁 결과는 좋은 쪽으로 흘러가지는 않을 것이다.

그렇게 마무리를 향해 달려가려는 전투에서.

팟–

"……?"

변수가 일어났다.

['성역'의 효과로 모든 상태 이상이 해제됩니다.]

['성역'의 효과로 모든 성 속성 효과가 30% 상승합니다.]

['성역'의 효과로 모든 암 속성 스킬의 효과가 30% 감소합니다.]

[체력이 회복됩니다.]

[마력이 회복됩니다.]

모두의 시선이 한시민에게로 향했다.

5

넌씨눈인가.

모두가 당황하며 한시민을 보았다.

이런 상황에서 갑작스러운 성역이라니.

당연한 말이지만 성역을 켜자마자 에피아가 힘겹게 넣은 일격은 거짓말 하나 안 보태고 바로 물거품이 되어버렸다.

분명 15강 검의 저주 등급은 천왕마저 치유하지 못할 정도로 강력했지만 거기에 더해지는 15강 성역의 저주 해제 효과는 미세하게나마 등급을 뛰어넘는 효과를 발휘하게 해주었으니까.

"……."

당연히 당황할 수밖에 없다.

한시민 역시 관전자에 불과하지만 결국 에피아의 편에 서서 그녀를 응원하고 있는 입장이다. 그녀가 이겨야 대륙으로 돌아갈 방법을 듣든 말든 하고 천계에 가서 보물 창고를 털든 말든 할 것이 아닌가.

여기서 천왕이 이겨 버리면 아리아를 꼬드긴 주범인 한시민은 뼈도 못 추린 채 평생 마계에 갇혀 있을 수밖에 없다. 그러니 그가 성역을 결 일은 전혀 없다.

아무리 방송 시청자를 위해서라면 이런 주작도 감행할 준비가 되어 있는 참 PJ라고 해도 이건 아니다. 보는 이들도 너무 뻔하고 눈치 없이 끼어드는 위기에 눈살을 찌푸릴 수밖에 없는 연출이었다.

그렇지 않은가. 이건 그냥 삼류 영화에나 나올 법한, 주인공의 옆에서 기생하다가 꼭 가만히 있으면 될 걸 괜히 나서서 주인공을 위험에 빠뜨리는 덜렁이 캐릭터에 맞는 행동이었다.

한시민은 그런 멍청이가 아니다.

실리를 위해서라면 영화가 3분 만에 끝나도 그걸 택할 인간이다.

"나 아냐. X발. 그만 쳐다봐."

해서 어필했다. 억울함을 호소했다. 두 손을 번쩍 들어 성역이 그에게 없음을 보여주었다.

그제야 마족들을 비롯한, 에피아와 스페셜리스트도 잊고 있던 사실을 상기해 냈다.

"성역, 마족들이 들고 있잖아."

아, 그렇지.

모두가 고개를 끄덕였다.

15강 성역은 천족들을 유인하기 위해 마족들이 들고 한동안 움직였다. 그 후로 돌려받은 적이 없으니 당연히 한시민이 켠 게 아니라 마족이 켰다는 뜻이다.

그 사실을 깨우친 이들의 표정이 또 한 번 굳었다.

그렇다 쳐도 이상하다. 분명 방금까지의 상황, 그러니까 성역이 켜지기 전까지는 에피아가 승기를 잡았다고 확언해도 될 정도로 유리해졌다.

그런데 마족이 성역을 켰다? 천왕을 위해?

배신도 이럴 때 때리는 배신만큼 큰 게 없다.

대체 어떤 새끼야.

모두의 시선이 다시 한번 성역의 발생지를 찾기 위해 방황했다.

찾는 건 어렵지 않았다.

성역에 시선이 닿았을 때, 에피아는 준비해 둔 욕을 날리는 대신 고운 미간을 다시 한번 찌푸릴 수밖에 없었다.

"멍청한 놈들."

성역을 들고 있는 건 성역을 운반하던 마족이 아닌 천족들이었으니까.

그녀가 간수를 제대로 못 했든 혹은 실수로 켰든 욕을 해야 할 마족은 이미 죽고 없었으니까.

"……."

이런 상황 속 분명한 사실은 단 하나였다.

"오빠, 이거는 보스 몬스터 각성 모드라고 해야 하나. 아니면 주인공 위기 극복 클리셰로 봐야 하나."

천왕은 회복되었고, 성역 위에서 오히려 더 큰 버프를 적용받고 있다는 사실.

팟-

"어딜!"

순식간에 사라지는 에피아의 신형.

하지만 아까와 달리 천왕은 정확히 그녀의 움직임을 잡아내고 이번엔 움직여 그녀의 이동 경로를 막았다.

30% 디버프와 30% 버프.

총 60%의 격차가 생겨 버리는 넓은 성역 안에서 에피아의 빠른 움직임은 더 이상 상황을 뒤집을 장점으로 작용할 수 없었다.

해서 성역부터 끄기 위해 재빨리 판단하고 움직인 것인데 천왕은 이미 그런 움직임을 읽고 있었다.

“신의 성역.”

그리고 성역에 힘을 더하는 주문이 천왕의 입에서 외워졌다.

성역에서만 사용할 수 있는 절대 신성 주문.

마계이기에, 마족들의 견제에 성역을 펼쳐 보조해 줄 천족들이 없기에 쓰지 못했던 주문이 사용되었다.

이는 아까와 정반대의 상황을 연출했다.

“어디 다시 한번 까불어 보시지.”

“……쳇.”

여유가 생긴 건 천왕이었다. 혀를 차는 에피아는 그 짧은 한 마디마저 채 완성되지 못한 채 검을 들어야 했다.

쾅!

허공에 어느새 그녀의 전신쯤은 가볍게 뭉그러뜨릴 거대한 철퇴가 내려치고 있었기 때문에.

“야! 이 개자식들아! 내 성역 내놔!”

그렇게 닥친 에피아의 위기는 누군가에겐 애절한 슬픔이었다.

한시민이 팝콘을 집어 던지고 뛰쳐나갔다.

딱 한마디로 표현이 가능했다.

개판.

성역이 예상치도 못하게 펼쳐진 이후 벌어진 상황들은 개판 그 자체였다.

원래는 마왕과 천왕의 전투에 휘말리지 않기 위해 자잘하게 벌어지던 전투들은 거의 다 멈춘 상황이었다.

한데 지금은 아니다.

천왕과 마왕이 싸우거나 말거나 도착한 모든 마족과 천족들이 죽어라 싸운다.

오로지 성역 하나 때문에 벌어진 일.

방심이라면 방심이다. 성역을 들고 있던 마족들이 뒤를 친 천족들에게 성역을 빼앗겼으니까.

전쟁에서 이기고 싶으면 절대 빼앗겨서는 안 될 물건이었다.

그렇기에 상황을 설계한 천족들은 다시 분위기를 가져갔고 부하들이 개입한 상황에서 더 이상의 관전 같은 건 존재하지 않았다.

내가 죽어도 저 성역은 다시 빼앗아야 한다.

이대로 멍하니 지켜만 보고 있으면 에피아의 패배는 너무

나도 당연한 수순이다.

에피아의 패배는 곧 마계의 패배고 이미 마계에 넘어온 천족들은 기다렸다는 듯 마계의 모든 것을 파괴하고 다닐 것이다.

수천, 수만, 아니, 적어도 수십만 년은 마계가 더 이상 천계를 넘보지 못하도록 완전한 불모지로 만들 수도 있다.

이건 그만큼 중대한 사안이다.

지금껏 마계와 천계가 만들어진 이래 이토록 격렬하게, 그리고 전력이 모인 전쟁은 없었으니까.

어쩌면 마지막 전쟁일지도 모른다.

균형이 깨져 버린 천계와 마계는 더 이상 서로를 견제하며 눈치를 볼 사이가 안 될 테니까.

그렇기에 마족들은 지원군을 부르러 감과 동시에 성역을 가진 놈들에게 달려들었다.

성역 내에 있는 천족들 또한 성역의 효과를 고스란히 받기에 쉽지는 않았다.

천왕조차도 남는 여유로 성역을 지키기 위해 투자했다.

에피아가 필사적으로 막아냈지만 벌어진 차이는 쉽게 뚫기 힘들었다.

어쩌다 보니 천왕과 마왕 사이의 전투가 성역을 빼앗느냐 마느냐의 싸움으로 변질되었다.

대놓고 쏟아지는 광역기들. 그것에 휘말려 한 줌 재가 되어 사라지는 수많은 천족과 마족.

정말 절대반지 같은 물건 하나에 뛰어드는 불나방 같은 느낌이 물씬 풍겼다.

하나 결국 유리한 쪽은 지키는 쪽이다.

모든 전쟁이 그렇다.

수성이 유리하고, 가만히 앉아서 날아오는 공격을 막는 쪽이 유리하다.

게다가 천왕은 아예 성역 쪽으로 이동해 성역을 지키기 시작했다.

그걸 뚫는다?

"……개자식들."

망치를 들고 패기 넘치게 달려 나가던 한시민이 그대로 뒷걸음질 쳐 거리를 벌렸다.

저게 얼마짜린데.

징징대고 싶은 마음은 굴뚝같았지만 이미 빼앗은 성역을 잘 썼다고 돌려줄 리는 없다.

목숨을 걸고 달려든다면 들고 있는 망치 한 번 휘두를 틈 정도는 잘 하면 생길 수도 있겠지만 그런다고 결과는 달라지지 않는다.

어느새 드레스가 아닌 갈기갈기 찢어진 천 쪼가리를 걸치고 있는 에피아가 거친 숨을 내몰아 쉬며 그의 옆에 나타났다.

"에피아, 할 수 있겠어?"

그런 그녀에게 간절한 진심을 담아 물었다.

에피아가 고개를 저었다.

"튀자, 자기야."

"……."

그리고 아주 뜻밖의 말이 그녀의 입에서 나왔다.

아무렇지도 않게. 당연하다는 듯.

이건 한시민조차도 결정 내리지 못했던, 아니, 아직 머릿속에 담지도 않았던 선택지다.

그런데 도망치는 것 자체가 패배를 의미하는 지금 상황에서 마왕인 그녀가 말을 꺼냈다.

자존심 따위 죽음 앞에서 개나 줘버리라는 식의 의지가 느껴진다.

감동이 물밀듯 몰려왔다.

"너……."

정말 훌륭한 마왕이구나!

전대 사기꾼, 아니, 강화사와 붙어먹으면서 배운 것들을 보며 심상치 않다고는 생각했지만 이런 결단력이라니!

열 번 칭찬해도 부족함이 없는 과감한 결단이다.

지금의 상황과도 정확히 일치하는 판단이기도 하다.

답이 없다.

저 성역은 한시민이 쓸 때도 마족들과 흑마법사들을 상대로 어마어마한 효과를 내던 물건이다.

무려 15강 성역. 그게 천족들의 손에 들어가 천왕에 의해 펼쳐지고 있다. 어떻게 그 속에서 이긴단 말인가.

"마족들은 저런 거 없어? 너무 불리하잖아."

도망을 치더라도 맞불을 놓든지 다른 대책을 세워야 한다.

에피아는 아쉬운 표정으로 고개를 또 한 번 저었다.

시무룩한 표정이 이 와중에도 귀엽다. 갈수록 마음에 드는 행동만 하는 그녀의 모습에 한시민이 머리를 쓰다듬어 주었다.

"오빠만 믿어."

왠지 모르게 이런 말을 해야만 할 것 같은 분위기랄까.

도망치며 머리를 굴렸다. 그 뒤를 빠르게 눈치챈 스페셜리스트가 따랐다.

몇몇 최상급 마족이 아리아를 데리고 붙었다.

아주 은밀하게, 그리고 한 치의 망설임도 없이 시작된 도주였다.

당연히 천왕이 알아차리는 데엔 시간이 조금 필요했다.

"이런."

누구도 계산에 넣지 못했던 마왕의 도주다.

천왕이 알아차리고 미간을 찌푸렸을 땐 이미 에피아는 보이지 않았다.

"다 죽인다."

아무렇지 않게 도망치다니.

천왕의 분노가 남겨진 마족들에게 표출되었다.

성역의 버프를 받는 천왕의 힘.

마족들이 쓸려 나갔다.

그렇게 최종 보스는 신물을 획득함으로 최종 각성을 이루었다.

한시민은 가끔 남들이 생각하지 못하는 기가 막힌 것들을 생각하곤 한다.

특히 돈을 벌 때. 상상치도 못했던 방법으로 돈을 번다.

또 누군가를 엿 먹이고 싶을 때 비상하게 머리가 돌아간다.

지금도 마찬가지였다.

"내 성역, X발."

목숨을 아꼈다는 것에 기뻐할 수 없는 애달픈 상황.

그보다 덩치가 작은 에피아의 품에 안겨 날아가며 끝없이 투덜댔다.

"얼마짜린데. 미친. 켄지한테 팔았어도 적어도 뉴욕에 아파트 한 채는 받는 건데."

그냥 너무 어이없는 타이밍에 뒤통수를 맞았다.

마족에게 성역을 넘길 때만 해도 설마 그게 성역과의 마지막 만남일 것이라는 건 상상도 하지 않았다.

마족을 믿었기 때문이 아니다. 에피아를 잘 구슬릴 자신이 있었기 때문이다. 굳이 에피아가 강화를 실패한 것도 아닌데 성역을 빼앗아 갈 일도 없고.

한데 결과적으로 천족에게 빼앗겼다. 천왕하고는 일면식도 없어 돌려받을 수 있을 리도 없다.

그렇게 그의 손을 떠났다고 생각하니 허무하기 그지없다.

되찾고 싶다. 아니, 되찾지 못할 거라면 다른 거라도…….

"아!"

거기까지 생각이 닿았을 때 한시민의 머릿속에서 빛이 번쩍였다.

우울하던 얼굴에 한 줄기 미소가 피어났다. 해맑다거나 행복해서 지어진 미소의 종류는 아니었다.

"가자."

"응?"

"가자. 빈집 털러. 개자식, 어차피 이기지도 못하는 거 빈집 털자."

사악한, 마왕의 반려자다운 아주 영악한 미소였다.

7

뜬금없이 튀어나온 생각이었다. 별생각 거치지 않고 내뱉은 말이기도 하고.

또 한시민이기에 가능한 말이었다.

"천계로 가자!"

하나 내뱉고 나니 확신할 수 있었다.

이거다. 이거여야 한다.

"……."

당연히 날아가던 에피아가 황당한 표정으로 한시민을 보았다.

하나 이내 환한 미소로 그의 의견에 동조했다.

"역시."

반려로서 전혀 부족함이 없네. 옛날의 그이를 보는 거 같아. 아니, 더 매력적이야.

에피아가 입술을 핥았다.

"야야, 자제해."

드레스는 갈기갈기 찢어져 어째 에피아의 몸에 붙어 있는 게 신기할 정도고 피에 젖은 온몸은 묘하게 이질적인 매력을 뽐낸다.

그런 그녀가 입술을 핥는다.

한시민에겐 고마운 일이지만 지금 여긴 하늘이다. 괜한 짓을 하다가 떨어져 죽고 싶은 마음은 조금도 없다.

“천계로 갈 방법은 있어?”

“응, 천왕이 여기 있으면 문제 될 건 없지.”

해서 얼른 화제를 돌렸다.

게임을 즐기며 보상으로 얻은 마왕은 나중에 천천히 알아가도 늦지 않다.

지금은 그녀가 아무리 유혹해도 흔들릴 한시민이 아니다.

이미 성역이라는, 그것도 개고생해서 만든 15강 성역을 웬 생뚱맞은 놈한테 뜯겨 되찾을 희망도 없게 생겼지 않은가.

차라리 다른 유저에게 빼앗겼으면, 하다못해 켄지에게 빼앗겨도 이렇게 억울하지는 않았을 것이다. 가서 달라고 하면 되니까. 무슨 대가든, 설령 15강을 만들어 달라고 해도 거래를 하면 된다. 뭔가 억울하지만 빼앗긴 건 되찾아야 하니까.

하지만 이건 뭐 말도 못 꺼낸다. 말을 꺼내기도 전에 면상을 들이미는 순간 무한 척살 각이다.

무한 척살만 당하면 다행이지 붙잡혀 천계라도 끌려가는 순간 진정한 헬 파티의 시작.

그렇기에 최종 보스에게 빼앗긴 15강 성역은 잠시 잊고 다른 복수 방안을 생각해 내야 했다.

그렇게 생각해 낸 게 이거고.

"막말로 에피아, 네가 꿇릴 게 뭐야. 천왕도 없고 성역도 없는 천계면 다 때려 부술 수 있는 거 아냐?"

"응, 맞지."

"어차피 지금 성역 가지고 있는 천왕이면 마왕성으로 돌아간다고 해도 답 없잖아."

"아마?"

"본진 버리고 적 본진 털자. 그러다 보면 답이 생기겠지."

오로지 한시민만이 해낼 수 있는 생각.

어차피 내 본진 아니다.

마계 따위 원래 황무지였고 마왕성이고 나발이고 다 파괴돼도 한시민에게 손해가 되는 건 아무것도 없다.

만약 천왕이 이대로 진격해 리치 영지와 카지노를 부순다면 말은 달라지겠지만.

가정이란 언제나 의미 없는 짓.

무엇보다 이 짓은 한시민이 원하던 큰 그림이다. 어쩌다 별수 없이 성역을 빼앗긴 채 부들부들하며 행하게 됐지만.

'에피아 보물 창고를 털 수는 없으니까. 어차피 못 갖는 거 천왕 창고라도 털어야지.'

그 마음을 아는지 모르는지 에피아는 흥미롭다는 미소를

지으며 방향을 바꿨다.

"괜찮아?"

"응, 아주 재미있어."

본인이 재미있다지 않은가.

"뭐 어떻게 되는 거야?"

"시민 씨, 우리 진짜 천계로 가요?"

스페셜리스트만이 상황을 파악하지 못한 채 얼떨결에 따라갈 뿐이었다.

물론 그런 그들을 위한 배려 따위는 없었다.

"일단 너 스펙 업 좀 하자."

이렇게까지 할 생각은 없었는데.

상황이 상황이다 보니 안 되겠다.

독기를 품은 한시민이 독한 마음을 먹었다. 이는 곧, 천계에 닥칠 재앙의 시초였다.

천왕은 거침없었다.

마왕은 등을 보이고 도망쳤지만 그녀를 도망치게 하기 위해 희생된 수많은 마족 가운데 상급 이상의 비율이 상당히 높았고, 어쩌다 15강 성역을 획득한 천왕과 천족들의 진격을 막을 마족들은 존재하지 않았기에.

"이것이 인간의 것이라."

"그렇다고 합니다. 신전에서 인간에게 준 성역을 인간이 강화해 가지고 다니던 모양입니다."

"멍청한 인간들. 기껏 만든 성역을 마족의 개에게 주다니."

"인간들이란 원래 그렇지 않습니까. 돈이라면."

"어쨌든 상당히 고맙군. 이런 좋은 물건이 손에 들어오다니."

무려 천족들에게도 엄청난 효력을 발휘하는 성역이다.

천왕에게는 기껏해야 그의 신성 등급을 한 단계 올려주는 정도밖에 되지 않겠지만 마왕과의 전투에서 그것이 얼마나 큰 도움이 되는지는 이미 겪지 않았던가.

천계에도 수많은 아티팩트가 존재하지만 성역은 그들이 만들 수 없었던 물건.

그것이 손에 들어왔다.

거칠 게 없었다. 도망간 짐승을 쫓는 사냥꾼치고 발걸음이 너무나도 여유로워질 수밖에 없었다.

"어차피 갈 곳은 한 곳뿐이지."

마왕성.

그래도 전력을 감소시키는 성역에 대비해 그나마 페널티를 덜 받을 수 있는 장소.

마왕의 힘을 증폭시키기 위한 수많은 장치가 되어 있을 것이다. 그러니까 도망쳤을 것이고.

"마왕성의 위치는?"

"찾았습니다."

천천히 돌아다니며 보이는 마족들을 학살하고 다닌 지 1주일.

좌표가 정해졌다.

"그곳으로 간다."

승리의 군대가 거침없는 기세로 마왕성으로 향했다.

수도 없이 많이 설치되어 있을 함정들?

걱정하지 않았다. 그것들을 상쇄시킬 엄청난 물건이 손에 들어왔지 않다.

"지난 마족들의 대륙 침공 때 마왕을 물리친 다섯 영웅 중 하나의 후계가 만든 물건이라. 과연 힘이 빠진 마왕이지만 물리칠 만한 능력이 있군."

최종 보스인지 착한 편인지 애매한 천왕이 미소를 지었다.

좌표가 찍힌 순간.

에피아는 국경을 넘고 있었다.

어느새 그녀의 찢어졌던 드레스는 다시금 복구된 상태였다.

"그 드레스가 그냥 집 안에서 입는 데일리 옷이 아니었다니."

"역시 마왕은 마왕인가 봐. 입고 있는 옷도 레전더리야."

"그런 옷을 갈기갈기 찢은 천왕은 얼마나 센 거야."

"그렇게 센 천왕의 공격에도 다 안 찢어진 게 대단한 거지. 마력 주입하니까 바로 복구도 되고."

놀라웠던 사실.

영원히 모르고 지나칠 수도 있었다. 한시민이 마음을 먹지 않았다면.

"이제 마왕은 안 그래도 강한데 저기에 15강 무기랑 방어구까지 낀 거야? 그것도 레전더리로?"

"몰라, 시바. 알 바야? 다 뒈졌어. 천왕이고 뭐고 다 때려 부순다."

결과적으로 마왕에겐 이득이다.

비록 마계는 지금 천왕에 의해 쑥대밭이 되고 있지만 어쨌든 그녀는 살아 있다.

그리고 당장 다시 맞붙는다고 해도 이길 수 있으리란 자신감이 생길 정도의 스펙 업 또한 했다.

유저들만 스펙 업으로 자신감을 찾는 게 아니다.

마왕을 비롯한 마족들, 심지어 몬스터들 또한 마찬가지다.

지능이 있는 몬스터들은 방어구나 무기가 좋다는 걸 알게 된 순간부터 그걸 사용하게 된다.

결국엔 마왕이라는, 엄청나게 스펙이 상승한 난이도의 최종 보스를 감당해야 하는 건 유저들과 NPC가 되겠지만 성역을 빼앗긴 것에 눈이 멀어버린 한시민에게 그런 미래의 자신에겐 해당되지 않는 이야기 따위는 걱정할 범위의 문제가 아니었다.

한번 마왕이라는 줄을 잡았으면 끝까지 밀어야 한다. 죽이 되든지 밥이 되든지 갈아탈 생각을 하는 순간 끝나는 거다.

원래 간신배들의 최후가 가장 비참하지 않던가.

에피아와 죽어도 함께 죽는다.

물론 한시민은 다시 살아나겠지만.

어쨌든 그 순간까지는 최선을 다해 민다. 밀어야 본전이든 뭐든 찾는다.

그래서 강화했다. 1주일이라는 시간 동안, 천왕이 마왕성을 찾는 그 여유 사이에.

시간을 버려가면서까지 한 강화는 충분한 빛을 발했다.

"악몽의 폭풍."

콰콰콰콰쾅!

비무장지대에서 에피아의 앞을 막는 수많은 천족이 일순

휘두른 검의 폭풍에 생을 마감하며 사라진다.

천왕의 절대 방패마저 뚫어버린 그녀의 공격력이다.

국경을 지키는 천족들 따위가 막아낼 수 있는 위력이 아니었다.

그렇게 빠르게 에피아와 스페셜리스트, 그리고 드디어 고향으로 돌아가는 아리아가 천계에 진입했다.

엘리전의 시작이었다.

영화는 화려하게 개봉되었다.

이름하여 천마대전.

완벽한 어그로.

무협 팬들조차도 판타스틱 월드에 관심을 두지 않다가 한 번쯤 클릭해 볼 수밖에 없는 제목.

실상은 천계와 마계의 전쟁이었지만 어쨌든 천마대전은 켄지가 공지한 왕국 쟁탈전 바로 전날에 개봉되었다.

바야흐로 마지막 스토리 퀘스트가 완료된 뒤부터의 스토리.

—뭐야, 외전은 왜 안 나와.

—잘린 영상 대령해라. 진짜 이번엔 못 참는다.

—낳았냐.

아쉽게도 시청자들이 원하는 19금 외전은 영상에 포함되어 있지 않았지만 투덜대던 시청자들은 영상이 시작된 지 10분도 채 되지 않아 침을 삼키며 영상에 집중했다.

그럴 수밖에 없다. 오로지 신밖에 모르던 아리아의 변절. 그리고 그녀를 찾아온 천왕의 의심.

이보다 흥미진진한 스토리가 또 있겠는가.

거기다 그걸 마족의 입장에서 중계한다.

얼마나 흥미로운가.

세상에 지금껏 살며 이런 시점의 영화는 듣도 보도 못했다. 그 누가 악당의 편에서 악당의 악행을 보기 위해 돈을 내고 영화를 본단 말인가.

하나 지금 시청자들은 그걸 보고 있었다.

보는데 재미도 있었다.

흥미진진하다.

—와, 천왕이 좋은 놈이고 마왕은 사실상 쳐 죽여야 게임 스토리상 좋은 건데 왜 난 자꾸 에피아한테 마음이 가는 걸까.

—오빠 된 마음으로서 마왕이 이겼으면 좋겠다.

—천왕은 뭐냐. 시커먼 남정네네. 그냥 뒈져라.

아마 가장 큰 이유는 이것이겠지만 어쨌든 영화의 킬링 타임이 시작되었다.

전투.

뚫릴 듯 뚫리지 않는 굳건한 방패.

그 와중에 타이밍을 캐치해 베어버리는 에피아의 검.

폭발하는 상처, 덧씌워지는 저주.

그리고 성역.

반전에 반전을 거듭하는 영화는 그야말로 대박 중의 대박이었다.

전 에피소드, 그러니까 한시민이 마계에 왔을 때부터 스토리를 쭉 봐왔던 시청자들은 재미가 두 배였다.

—지금 온 놈들 에피소드 1편부터 다 보고 와라. ㄹㅇ 개꿀잼이다.

—와, 진심 게임으로 이런 재미와 스토리가 나오는구나.

—레전더리 직업, 그리고 시민이기에 가능한 방송.

사실 이런 걸 한시민이 마계에 가서 찍지 못했다면 모르고 넘어갔을 수도 있다.

유저들 입장에선 마계와 천계의 일 따위 알 게 뭔가.

그냥 매일 사냥하다 레벨 업 하고 영지 쟁탈전이나 보고 가끔 나오는 보스 레이드 영상에 감탄하고.

그러다 마족들이 대륙을 침공하면 개새끼 소새끼 욕하면서 죽음을 한탄하고, 천족들이 와서 도와주면 천족들을 찬양하고.

그렇게 끝날 일이었다.

하나 이렇게 보니 흥미가 돋는다.

게임의 배경이 이렇게 탄탄하고 그들이 모르는 세상에서도 이런 비하인드 스토리들이 흘러가고 있구나.

단순한 게임이 아니구나. 우리의 행동 하나하나가 역사를 바꿀 수도 있겠구나.

한시민이기에 정말 가능한 일이지만 한시민은 결국 유저다. 대리만족을 느끼기에 너무나도 충분한 조건이다.

나도 이렇게 게임을 즐길 수 있다.

희망 하나만으로 영상은 충분히 만족스러웠다.

그런 영화가 막바지를 향해 달려가고 있었다.

도망치는 에피아, 그녀의 장비를 강화하는 1주일, 그리고 시작된 엘리전.

—억ㅋㅋㅋㅋㅋㅋㅋㅋㅋㅋㅋㅋㅋㅋㅋㅋㅋㅋㅋㅋㅋㅋㅋ

—미친 거 아니냐ㅋㅋㅋㅋㅋㅋㅋㅋㅋㅋㅋㅋㅋㅋㅋ

—진짜 막장이다. 저것들 천왕, 마왕 맞냐.

—저러면 누가 이득?

—내가 볼 땐 또 마지막에 웃는 놈은 시민일 거 같다. 시바. 배 아프지만.

영상을 보는 시청자들이 모두 웃었다.

미래야 어찌 됐든 지금 당장 보는 영상은 웃겼다.

—다섯 번은 다시 봐야지.

—열 시간짜리 영상인데 한숨도 안 쉬고 다 봤다. 혹시 놓친 거 있나 또 봐야지.

—마왕 노출 타임 좀.

—내일 켄지 방송 왕국 쟁탈전인데, 아, 어떻게 하지.

—몰라 그딴 거. 이게 더 재미있음.

단 한 사람, 켄지만이 웃을 수 없었다.

8

에피아는 아까워하지 않았다.

"어차피 그런 것들 따위 필요 없어."

마왕성에 쌓여 있을 수많은 보석. 천왕이 부술 그녀의 모든 것을.

"다시 만들면 그만이니까. 나에겐 이것들과 내 반려만 있으면 돼."

키는 쥐꼬리만 한 게 사람을 설레게 하는 묘한 매력이 있다.

특히 이런 발언들은 한시민의 취향을 저격하는 말들이다.

"천왕 보물들은 자기가 다 가져. 내 방어구랑 무기 강화해 준 대가야."

"아니야. 그건 어차피 나 대륙으로 갈 방법이랑 교환하기로 한 건데 그럴 순 없지."

"그건 무기로 퉁 치고 방어구는 따로 계산해야지."

"어허, 난 그렇게 계산적인 남자 아니다. 내 반려를 위해서라면 그깟 열정 페이 따위 얼마든지 할 수 있어."

"다 자기가 가르쳐 준 거잖아."

"그래?"

아주 잘 가르쳤단 말이지.

그녀의 말에 망설임 없이 고개를 끄덕인다.

그렇다는데 어쩌겠는가. 준다고 할 때 받아먹어야지.

죄책감을 느낄 필요도 없다. 그가 해준 건 값으로 환산할 수 없을 만큼 대단한 일들이다. 당장 길을 막는 천족들이 그녀의 털끝 하나 건드리지 못하고 우수수 썰려 나가지 않는가.

그녀의 뒤를 따라온 선택 받은 마족들은 아직 나서지도 않은 상태다.

"재들은 어떻게 살아서 왔네."

15강 방어구와 무기들을 장착한 마족들.

70개 전부 자리에 모인 건 아니지만 그것들을 사 간 마족들은 대부분 살아서 마왕의 뒤를 따랐다.

수천이 마계에 온 천족들에 비할 바는 아니지만 정예군이 만들어진 셈.

그들의 표정엔 결연함이 가득했다.

"빌어먹을 천족 새끼들. 전부 찢어 죽여야 합니다, 마왕님."

"당연하지."

이 순간에도 마족들은 수없이 죽어 나갈 것이다.

마족들 간에는 만나면 싸우고 누가 죽든 말든 동족 의식을 느끼는 편이 아니라고는 하지만 그래도 천족들에게 죽는 건 말이 다르다.

복수해 주리라.

하나의 피를 흘리면 열, 백, 천 배로 받아낸다.

천족들의 마인드와 다를 리가 없다.

"일단 천왕이 사는 곳을 알아내야 하는데……."

천계에 도착한 뒤 가장 먼저 해야 할 일이었다.

마족들이 의욕을 보였다.

그들이 가장 먼저 본 것은 학살당하던 민간 마족들이다. 치욕부터 갚으며 천천히 알아보는 것도 좋지 않을까.

그들의 마음을 읽은 한시민이 고개를 저었다.

"미안하지만 빨리 움직여야겠어."

복수고 뭐고 잔인해서 싫은 게 아니다.

시간은 곧 금이다.

현재 천왕은 에피아를 찾겠다고 마왕 성으로 향하는 중이다. 마계를 파괴하는 것 따위에 목숨을 거는 게 아니라는 뜻.

그렇다는 말은 지금 이들이 천계에 왔다는 걸 알게 되는 순간 다시 천계로 돌아올 가능성이 크다는 말이다.

15강 성역에 천계의 버프까지. 방어구를 강화했다고 이길 가능성이 있을까. 하물며 모든 천족이 달려들기까지 한다면.

일분일초가 급하다.

"빨리 털어먹고 대륙으로 튀어야지."

한시민이 중얼거렸다.

그와 함께 시선이 아무 말 없이 따라오던 아리아에게 향했다.

"아리아, 이제는 결정해야 할 때야."

"……?"

"말해, 천왕의 집."

굳이 천족들을 잡아 족쳐 가며 알아낼 필요가 없는 히든카드, 아리아의 등장이었다.

다이렉트였다.

위치는 아리아가 알고 있었고 에피아를 막을 천족은 모두 마계에 가 있는 상황이었기에.

천계에 남아 있는 천족들이 달려들긴 했지만 단체로 수십 만이 모여 항쟁해도 모자랄 판에 따로따로 달려드니 답이 나올 리가 없었다.

그렇게 찔끔찔끔 달려들다 자신들도 깨달았는지 잠시 천왕의 성 밖에서 다른 천족이 모일 때까지 대기하고 있었고.

그러는 사이 천왕의 성은 에피아에게 점령당했다. 마계의 상황은 알지 못하지만 지금쯤 마왕성 또한 천왕에게 점령당했으리라.

서로가 서로의 성에 무혈입성하는 웃기는 상황.

사실상 중요한 건 아니다.

결국 누가 먼저 죽느냐의 싸움이다. 현 천왕과 마왕은 역대 없었던 최강이기에.

대체할 자가 없다. 누군가 상대를 꺾는다면 나머지 병력과 함께 천계 혹은 마계를 쓸어버리는 데 있어 어려움이 없다.

만약 한시민에 의해, 아리아가 마계로 넘어가고 납치당했다는 오해가 생기지 않았다면 오히려 경계하며 더 서로 간에 무력 충돌이 일어나지 않았을지도 모른다.

아무래도 천계와 마계의 직접적인 충돌은 지금 상황에서 고스란히 드러나기도 했지만 결국 이런 대규모의 피해를 입게 마련이니까.

승리지만 상처가 가득한 승리다.

대륙에서, 남의 땅에서 입는 피해와 직접적으로 자신들의 터전이 파괴되는 것 중 부담이 적은 건 아무래도 전자일 수밖에 없다.

그런데 어쨌든 상황은 벌어졌다.

끝을 봐야 한다.

가장 먼저 창고를 털었다.

딱히 창고라고 불릴 만한 곳은 없었다. 다만 아리아는 말해줬을 뿐이다.

“신을 모시는 공간. 그곳에 신물들이 있어요.”

지금까지의 분노, 성역을 빼앗긴 억울함을 완전히는 아니지만 어느 정도 잠식시킴과 동시에 기대를 불어넣는 담담한 말투.

서둘러 그곳으로 향했다. 그리고 발견했다.

한시민의 입가에 미소가 번졌다.

계획은 다 털어가는 것이었다.

하지만 신물이라며 신의 석상 앞에 놓여 있던 물건 세 개.

그거면 충분했다. 마음이 바뀔 정도로 엄청났다.

"에피아, 이제 말해줘. 대륙으로 가는 방법."

"정말 그걸로 괜찮겠어?"

"당연하지."

"별 쓸모없어 보이는 물건 같은데."

"어허. 너한테나 그렇지, 인마. 대륙에 가면 난 이걸로 평생 놀고먹을 돈 벌 수 있다."

사람은 욕심이 없어야 한다.

충분히 많은, 가치 있는 보물을 구했는데 더 이상 욕심부리다 보면 더 얻을 것도 놓치는 수가 있다.

천왕의 성 자체를 털어갈 기세로 왔던 한시민이 이중인격을 보이며 근엄한 표정을 지었다.

에피아도 고개를 끄덕였다. 그러겠다는데 별다른 태클을 걸 생각은 없어 보였다.

반려라는 부분에서 이미 믿기 시작했지만 그래도 혹시 갑자기 방법 따위는 없다거나 하지는 않겠지.

걱정되는 마음으로 기다렸다.

다행히 에피아는 한시민이 걱정하는 반응 대신 해결책을 제시했다.

"게이트를 열면 돼, 대륙으로 향하는."

"……."

"간단하지?"

기가 빠지는, 정말 그게 맞느냐고 되묻고 싶을 만큼 허무한 해결책이었지만.

"간단하네."

의심하지는 않았다.

거짓말할 이유도 없고 무엇보다 당사자는 간단하게 말했지만 곰곰이 생각해 보면 결코 간단한 문제가 아니니까.

"그럼 다시 마왕성으로 가야 하는 거야?"

게이트를 연다.

말이 쉽지 그냥 아무 데서나 막 열고 싶을 때 열 수 있는 건 절대 아닐 것이다.

그게 가능하다면 정말 막말로 에피아 혼자 게이트를 열고 본신의 힘으로 대륙을 휩쓸고 다니면 그만이었겠지.

천왕 또한 마찬가지로 넘어갔을 테고.

그러지 말라는 법은 없지만 역사서에도 나와 있듯 침공 때마다 페널티를 감수하면서까지 흑마법사들과 공조해서 연 게이트를 이용하는 마족들이다.

이쪽에서 일방적으로 게이트를 여는 것 자체가 쉬울 리 없다는 뜻.

그런데 이렇게 쉽게 말한다.

무언가 방법은 있다는 말.

설마 겨울철 바퀴벌레처럼 목숨을 부지하기 위해 숨어들어간 흑마법사들을 기다리자는 건 아닐 테고.

조건이 있을 것이다.

그 조건은 아마 그녀가 거주하던 마왕성일 가능성이 가장 크고.

한데 마왕성은 지금 천왕이 있다.

소식을 들으면 돌아오겠지만 그 소식이 언제쯤 전달될까.

전달된다고 해도 오는 길에 마주하기라도 한다면?

그들을 감시하며 소식을 전해주는 마족이 있으면 모를까 지금은 너무나 위험한 도박이다.

한시민의 표정이 어두워졌다.

이거 진짜 돌아갈 수는 있는 거지?

분명 마계에서의 컨텐츠들은 하나같이 대박이었다.

현재 진행형으로 개봉되고 있는 영상들 또한 매일매일 최고를 기록하고 있고, 엘리전 또한 아주 흥미롭게 나갈 것이다. 편집이 없어도.

한데 지금부터가 문제다.

이건 각본 없는 드라마다. 그리고 영화다.

짜인 내용이 없다는 것은 보는 이로 하여금 뒤의 일을 예측할 수 없다는 것에 엄청난 흥미를 부여한다.

내가 예상한 대로 흘러가지 않는 재미.

리얼리티 프로그램들이 인기를 얻는 이유가 아니겠는가.

하나 100% 리얼리티 예능이 없는 이유는 단 하나다.

지금과 같은 상황.

끝마무리 역시 어떻게 될지 모른다.

기승전결.

확실한 이야기가 되어야 더 멋진 그림이 그려져야 하는 상황에서 순간 애매해져 버린다.

곧 완성도의 문제다.

열린 결말, 혹은 현실성 넘치는 반전.

좋아하는 사람들도 있다. 한데 찝찝해하는 사람도 많을 것이다. 대표적으로 영화를 찍는 한시민.

"아, 씨. 이러면 안 되는데."

그가 가장 찝찝하다.

사실 다른 시청자들의 반응 따위는 중요치 않다. 그림이 이렇게 흘러가면 안 된다.

인상을 잔뜩 찌푸린 채 혼자 똥을 씹고 있는 한시민을 보며 에피아가 고개를 갸웃했다.

"무슨 말이야. 마왕성에 왜 가?"

"응?"

"흑마법사들이 여력이 안 돼서 우리는 게이트를 열 수 없어."

"엥?"

"내가 말한 방법은 여기서 여는 거였는데."

"……?"

"그래서 천계로 오자고 한 거 아니었어? 난 또 자기가 알고 오자고 한 줄 알았는데."

"……!"

숨 쉴 틈도 없이 이어지는 에피아의 말들.

그와 함께 한시민의 머릿속에서 그림들이 정리되었다.

아리아에게 들었던 그녀가 페널티 없이 대륙으로 넘어왔던 방법에 대해 문득 떠오른다.

"설마, 가능해?"

그리고 그녀에게 묻는다.

아리아는 잠시 고민하더니 고개를 끄덕인다.

"가져오신 신물 중 두 개면 이쪽에서 열 신성력은 충분해요. 문제는 반대쪽인데……."

"뭐? 두 개?"

"네."

"……."

들고 온 신물은 세 개다.

양심에 찔려 세 개만 가져온 게 아니라 거기 있던 신물의 개수가 세 개였다. 그런데 거기서 두 개를 달란다.

당연히 주기 싫다. 한데 결정권 따위는 없다. 주고 말고 할 게 없이 준다고 해도 가능한지 아닌지 확실하지 않은 상황이다.

한숨이 절로 내쉬어지는 상황이지만 어쩌겠나. 하나라도 살리고 집에 간다는데.

굳게 마음을 먹고 묻는다.

"반대쪽이라면 신전?"

"네, 아무래도 천왕님이 게이트를 열 때보다는 신성력이 유지되는 양이 압도적으로 적을 수밖에 없어서……. 여기서 여는 게이트는 정확히 최소량이에요. 나머지는 반대쪽에서 열어야 해요."

"그거라면 걱정 안 해도 될 거 같은데?"

말과 함께 한시민이 웃었다.

뭐야, 그거면 돼?

"바로 준비해. 신성력은 충분하니까."

"오빠, 어떻게 하게?"

"저기 빼액이 있잖아. 다행히 골드는 충분히 충전해 놨으니까."

"연락은?"

"거기 있잖아, 훌륭한 호구."

"……?"

"내일 왕국 쟁탈전하신다는 분."

"……."

물어봐야겠다는 태도가 아니었다.

상대방의 의사 따위는 전혀 고려치 않은, 확신이었다.

9

켄지에게 1:1 대화 신청이 왔다. 대상은 시민.

"……."

이걸 받아야 하나 말아야 하나.

켄지 역시 한시민의 방송은 꼬박꼬박 챙겨 보고 있다. 경쟁사의 방송이라 굳이 수익을 올려주고 싶진 않지만, 판타스틱 월드를 플레이하는 유저라면 필수적으로 꼭 시청할 수밖에 없는 영상이니까.

앞으로의 정세가 달린 문제다. 대륙이 어떻게 될지 결정되는 중요한 방송. 그렇기에 무려 20만 원이라도 어지간한 사람들은 전부 챙겨 본다.

심지어 한시민의 방송을 재미있다고 주변에서 그렇게 말해도 돈 아깝다고, 차라리 그 돈으로 1골드라도 더 사서 스펙 업을 하겠다는 사람들조차도 지금 한시민의 마계 방송은 에피소드 1부터 챙겨 볼 정도다.

괜히 역대 최고의 시청자 수를 찍는 게 아니다.

퀄리티 면에서도 완벽하고 시청자를 사로잡는 색다른 컨셉이기도 하지만 동시에 메인 퀘스트보다 중요한, 아니, 향후 메인 퀘스트를 결정하는 서브 퀘스트인 셈이다.

고작 한 유저의 스토리 퀘스트로 인한 해프닝일 뿐인데. 그게 이렇게 되네.

어쨌든 켄지는 한참을 고민했다.

마음 같아선 안 받는 게 맞다.

지금 한시민의 영상은 마왕과 함께 서로 본진 바꾸기를 시도하며 천계로 넘어간 상황이고 그런 상황은 한시민에게 결코 좋은 일은 아닐 테니까.

불리하다.

어떻게든 본진이 바뀐다고 해도, PC 온라인 게임 1세대를 플레이해 본 사람이라면 누구나 안다.

엘리전에 들어갔을 경우 누가 유리한지, 승부는 어떻게 결정되는지.

그 게임이었다면 엘리전은 말 그대로 누가 먼저 본진이 털

리느냐의 싸움이다.

누구의 병력이 많이 남았는지는 중요치 않다. 기지에 남아 있는 건물이 하나도 없는 쪽이 패배한다.

하지만 이건 그 게임이 아니다. 판타스틱 월드다.

마계와 천계.

교환한다고 해도 사실상 아무런 의미가 없다.

본진에 남아 있는 잔류 병력?

싹 죽어도 마찬가지로 의미가 없다.

게임이 끝나려면 결국 다 부서져도 왕이 죽어야 한다.

즉, 본진 바꾸기는 상당히 참신한 생각이지만 결론적으로 아무런 알맹이 없는, 그저 컨텐츠를 위한 결정이라는 뜻이다.

해서 망설이는 것이다.

그렇게 불리한 상황에서 평소 돈 벌어먹을 때 말고는 연락도 안 하던 한시민이 갑작스레 연락을 해왔다. 그것도 지금 당장 거래할 수 있는 상황이 아닌데.

현실에서 만나서 사업적인 이야기나 하자고 이런 순간에 연락해 왔을 리가 없다.

받지 말까.

심각하게 고민이 된다.

게다가 내일 당장 왕국 쟁탈전이다. 그가 무슨 말을 할지는 모르겠지만 왠지 받으면 재수가 다 털릴 것만 같다.

또 무리한 부탁을 할 수 있지 않은가.

거절하면 그만이지만 그걸 거절하지 못하게 만드는 능력 또한 한시민은 대단하다.

세계를 쥐락펴락하는 켄지가 인정한 수완가다.

"흠."

하지만 고민 끝에 내린 결정은 받는다였다.

어쩔 수 없이 궁금했다. 그건 곧 한시민이 갖는 이름의 가치였다.

현재 판타스틱 월드에서 얼마나 큰 영향력을 발휘하는지, 심지어 한시민의 유일한 라이벌이라고 말하는 켄지조차도 그의 일방적인 연락에 받으면 안 된다는 걸 알면서도 받게 되는, 그런 존재.

그만큼 받았을 때 갖게 되는 이점도 놓칠 수 없다. 수천만 유저, 그리고 수억의 시청자가 궁금해할 한시민의 현재 속마음을 알 수 있는 절호의 기회.

"네."

켄지는 유혹에 넘어갔다. 파멸의 지름길이라는 걸 알면서도.

한동안 한시민의 늪에서 허우적거리지 않았기에 가능한 일이었다.

또 최근에 한시민에게 당당히 돈을 내고 따낸 14강 이용권까지 쓰지 않았던가.

이제는 당하지만은 않는다. 않을 자신이 있다.

자신감의 표출이었다.

–어, 켄지 님. 안녕하세요. 인사는 간단하게 할게요. 시간이 좀 촉박해서. 그 내일 하는 왕국 쟁탈전 파이팅 하시고 혹시 필요한 거 있으시면 리치 영지 가셔서 말씀하세요. 물심양면 도우라고 전해놓을게요.

"……갑자기 왜."

뭐지.

켄지의 10초 전 자신감이 언제 생겨났냐는 듯 고개를 감추기도 전에 한시민의 말은 이어졌다.

–그리고 그 오늘 시간 남으시니까 신전에 가서 말 좀 전해주세요. 헤기한테. 골드 얼마가 들어도 좋으니 신성력 다 쏟아부어서 천계 이동 게이트 열라고요. 감사합니다.

"……그게 무슨."

–그럼 부탁할게요. 수고.

개소리입니까.

묻기도 전에 다급하게 1:1 대화는 끊겼다.

이건 뭐 하는 새끼지.

켄지의 인상이 팍 찌푸려졌다.

뭐 하는 상황인지 기분이 나쁘기보다 뭔가 억울했다.

대체 어디서 나오는 자신감일까.

평생 누군가를 부려먹기만 했지 이렇게 일방적으로 직장 인턴에게 서류 복사시키듯 통보하는 상황은 금수저를 뛰어넘어 석유 수저인 그에겐 익숙하지 않았으니까.

"이런!"

그리고 상황을 파악한 뒤 그가 무슨 대접을 받았는지 인지했을 때.

켄지는 다시 한시민에게 대화를 걸기로 했다.

거절할 것이다. 이런 수모를 준 한시민의 말을 들어줄 생각 따위는 조금도 없다.

물론 아예 이 대화 자체를 무효로 하고 모른 체하면 그만이기는 하다. 워낙 어이가 없고 나중에 말이 나오더라도 한시민의 무리한 부탁과 부탁하는 태도의 문제를 들춰내면 굳이 그에게 문제 될 것은 없으니까.

무엇보다 왕국 쟁탈전의 가장 큰 의미는 한시민의 황금알인 리치 영지가 최종 목표 아니던가.

그와 협력할 이유가 전혀 없다. 이용해 먹더라도 그가 한다.

1:1 대화를 걸기 위해 홀로그램을 연다.

하나 그는 원하는 바를 이루지 못했다.

"……."

한시민에게 다시 대화가 걸려왔다.

받지 말고 내가 걸까.

"여보세요."

거기까지는 하지 않고 상당히 깔린 목소리로 대화를 받았다.

난 기분이 좋지 않다.

누가 들어도 알 수 있었다. 다만 세상에 단 한 사람, 한시민만 모른다는 게 작은 흠이었지만.

–아, 켄지 님. 그 말씀 못 드린 게 있어서요. 급하니까 지금 빨리 좀 부탁드려요.

"……."

–그럼.

"잠깐!"

결국 켄지가 폭발했다.

그는 냉철하다.

냉철하고 냉정하고 특히 비즈니스에 있어서는 칼 같다.

석유 수저지만 지금 그가 이룬 것들은 전부 물려받은 것에서 그의 능력이 더해져 10배 이상 커진 것이다.

원래 세계 최고의 부자였고 가만히 내버려 둬도 몇 배로 불어날 금액이었다는 것을 제외해도 대단한 능력.

그런 그의 가장 큰 힘은 아무래도 말발이다.

남을 설득하는 능력. 기분 나쁘지 않게 왠지 호감을 갖게 하는 힘.

침착하게 페이스를 찾기 위해 말을 꺼냈다.

"저기, 잠시만요."

—예.

"제가 왜 그래야 하죠?"

—예?

초장부터 강하게 나갔다.

비즈니스는 비즈니스다.

비록 거래에서 언제나 지금까지 켄지는 을이었지만 그는 을일 때도 항상 당당한 자세를 유지해 왔다.

그게 더 상대방에게 신뢰를 주는 행동이다.

특히 그는 을이지만 갑을 만족시킬 수 있는 충분한 재력이 있다.

꿇릴 게 없다.

원하는 건 그가 더 많지만 그것을 살 때 가장 많이 돈을 지불할 수 있는 건 그다.

강한 자세는 곧 페이스.

한시민이 당황하는 게 확연하게 느껴졌다.

기세를 몰아 밀어붙인다.

"죄송하지만 왕국 쟁탈전 준비는 다 끝나서 도움을 받을 일은 없을 것 같습니다. 그리고 오늘 새벽에 일정을 진행해야 해서 제국 수도까지 갈 시간도 없을 것 같네요. 부탁을 들어드리지 못해 죄송합니다."

속에 정중함은 언제나 빼놓지 않았다.

그냥 막말을 해도 상관없긴 하다. 하나 그건 어리석은 자들의 선부른 행동이다. 그렇게 막 나갈 것이었으면 다시 대화를 받지도 않고 무시했을 것이다.

켄지가 한시민에게 대화를 걸려 했고 다시 걸려오는 대화를 받은 건 이번 한 번으로 끝낼 사이가 아니기 때문이다.

지금은 비록 거절하지만 다음엔 그가 필요한 게 한시민에게서 나올 수도 있다. 그때는 지금의 일로 기분이 언짢을 수도 있지만 그에 대한 대가는 돈으로 때우면 된다.

공과 사.

가장 핵심이다. 그를 위해 대화를 하는 것이고.

–아, 바쁘시군요. 그럴 수 있죠. 그런데 저도 정말 급해서 부탁 좀 드릴게요. 딱히 부탁할 사람이 없어서. 다이렉트로 혜기한테 접근할 수 있는 사람도 없고요. 아니면 멀면 그 혜기 따까리한테 전화로 좀 전해주셔도 돼요.

"……."

물론 쉽지는 않았다.

진짜 급해서 대화를 걸어왔을 것이다.

아니었다면 굳이 비즈니스 상대인 켄지에게 대화를 걸어 이렇게 부탁하지도 않았겠지.

켄지가 고개를 끄덕였다.

그 정도면 사실 어려운 일은 아니다.

제국에 지금 당장 갈 수 없는 건 사실이지만 제국 수도에 있는 대신전에 지금 당장 전화를 거는 것쯤은 어렵지 않게 할 수 있는 일이기에.

또 한시민 역시 켄지 말고도 다른 방법으로 소식을 전할 방법 정도는 수도 없이 많을 것이다.

당장 돈만 써도 하겠다고 손을 드는 사람은 운동장에 줄을 세워도 될 만큼 많겠지.

하나 그에게 직접 부탁하는 건 그만큼 중요한 일이기 때문이리라.

해서 물었다.

본격적인 본론.

"뭘 해주실 수 있죠?"

대가.

기브 앤 테이크.

이럴 때 써먹을 수 있는 아주 좋은 카드.

부당한 게 아니다. 협박하는 것도 아니다. 갑질도 아니다. 오히려 떼먹는 놈이 나쁜 놈인 상황이다.

켄지 입장에서는 아주 당연한 요구다.

특히 한시민과 켄지가 사적으로 이렇게 개인적인 부탁을 스스럼없이 할 만큼 친한 건 세상 모든 사람이 잘 알고 있지 않은가.

–아.

하지만 이번에도 역시 한시민만 모르는 듯했다.

켄지의 말과 함께 터져 나오는 당황스러운 탄식.

그 한 마디에 얼마나 많은 감정이 담겼는지 표정을 보지도 못하는 켄지가 순간 당황할 정도로 진심이 가득했다.

뭐랄까. 왠지 내가 쓰레기가 되는 기분이랄까.

켄지는 진심으로 그걸 느꼈다.

1:1 대화에서 전해져 오는 서운함의 물결에 순간 멈칫하고 그가 했던 말들을 상기해 돌이켜 볼 정도였다.

내가 그렇게 서운하게 말했나. 선을 너무 그었나.

웃기는 건 그런 생각을 한다는 것 자체다.

비즈니스에서 어투가 중요하긴 하지만 뭐 얼마나 중요하겠는가.

"……저기."

–아, 죄송해요. 켄지 님. 순간 너무 서운해서. 저흰 제법 친

하다고 생각했었는데 저만의 생각이었나 보군요.

그리고 이어지는 진심인지 아닌지 헷갈리는 말들.

"대체 왜……."

켄지는 그냥 당하고만 있지 않았다.

한시민에 대해 그도 알 만큼 안다. 개수작이라는 것쯤이야 처음 무리한 요구를 일방적으로 하고 끊는 모습에 느꼈다.

항의하리라. 반박하리라.

–어쩔 수 없죠. 전 켄지 님과 그런 사이가 됐다고 생각하고 이번에 왕국 쟁탈하실 것도 기념해서 대륙으로 돌아가면 마계에서 구한 진귀한 것들도 좀 선물해 드리고 제 친구에게만 드리는, 스페셜리스트에게도 쉽게 풀지 않는 15강 강화권을 구매하실 수 있는 기회를 드리려고 했는데.

"……."

–그리고 헤기와의 1박 2일 여행권도 뭐……. 그렇다니 어쩔 수 없네요.

"뭐가 필요하다고 하셨죠?"

는 개뿔.

이런 당연히 안 될 것 같은 상황을 넘어가게 만드는 능력이라니.

한시민은 호구에게 반항을 용납하지 않는 진성 사기꾼이었다.

10

사람이란 게 참 웃기다.

절대 그러지 않을 사람이라도 이상하게 한번 제대로 걸리면 유독 그 사람에게만큼은 약해진다.

이건 뭐 과학적으로 설명할 수 없는 논리다. 왜 그런지 이해할 수가 없으니까.

설명할 수 있는 거였으면 이렇게 당하지도 않았을 것이다.

막말로 따지고 보면 태생부터가 다르지 않은가.

켄지는 뱃속에서부터 특권을 누려온 금수저 중의 금수저다. 태어나서도 손 하나 까딱하지 않고 사람 부리는 법을 몸으로 자연스럽게 익혀왔으며 말을 떼고 남들은 유치원에 들어갈 나이에 돈을 만지고 굴리고 회사를 경영하는 법을 배워왔다.

수십 년 동안 기업을 경영하고 그룹을 지켜온 노장들과 거래에서 밀리지 않는 법을 채 스물이 되기도 전에 익혔으며 서른이 되기 전에는 각 국가의, 심지어 미국 대통령과 독대하는 자리에서도 당당하게 원하는 바를 가져갈 정도로 현명하고 냉철한 사업가다.

그에 반해 한시민은 어떤가.

그냥 평범하디 평범한 헬조선의 가정집에서 태어났다. 흙

수저라고 말하기엔 애매하지만 켄지와 비교하면 상류층은커녕 그 맛조차 보지 못한 평범한 가정이었고 남을 부리기보다 자기가 먹고살기에 바쁜 가정이었다.

그마저도 스무 살 때는 홀로 일어서기를 하기 위해 남의 발바닥을 닦는 것도 주저하지 않아야 했고.

그런 차원이 다른 두 사람의 삶인데 둘의 거래는 언젠가부터 항상 한시민이 주도하고 있다.

노련함, 냉철함, 논리, 돈.

이런 게 하나도 통하지 않는다.

그냥 막무가내인데 따르게 된다.

"……."

켄지는 그게 마음에 들지 않았다.

결국 이번에도 한시민의 일방적인 요구나 다름이 없는 부탁을 들어주기로 하긴 했지만.

확 모른 척해버릴까.

다시 한번 고민한 켄지가 수정구를 찾았다.

제국의 대신전.

한시민이 마계로 강제로 끌려가고 흑마법사들이 바퀴벌레

처럼 살기 위해 어떻게든 도망치는 상황 이후 한결 여유를 되찾아도 이상하지 않을 상황이었지만 대신전은 오히려 전쟁 때보다 더 분주했다.

그럴 수밖에 없다.

흑마법사들을 척살해야 했고 지금은 흑마법사들을 생포해 족치는 중이었으니까.

대부분의 흑마법사는, 그러니까 생포당한 뒤 지독한 고민 끝에 편하게 죽고자 입을 연 흑마법사들은 전부 대신전으로 끌려왔으니 바쁠 만도 하다.

대신전 지하 감옥에서는 하루도 빠짐없이 곡소리가 울려 퍼지고 하루에도 수십 명씩 흑마법사가 잡혀 들어온다.

이것이야말로 진정한 헬!

지옥!

흑마법사들의 무덤!

개개인이라면 끝까지 입을 안 열고 버틸 수 있을지도 모른다.

하지만 같은 흑마법사들이 단체로 죽어라 고문을 당한다.

어떻게든 죽기 위해 발악을 하지만 신성력이 넘치는 대신전에서 한 번에 고통 없이 바로 죽을 수 있는 방법이란 많지 않다.

게다가 죽은 이도 살려낼 기세로 고문하는 사제들이다.

고통받는 이의 심정 따위는 조금도 고려하지 않은 채 딱 죽지 않을 정도로만 그냥 무자비하게 가하는 고문은 결국 입을 열게 만든다.

옆에 사람이 입을 열면 자연스럽게 본인도 흔들릴 수밖에 없다. 내가 갖고 있는 비밀들의 가치가 떨어지기 때문이다.

이 고통을 참고 견디며 지켜낸 비밀인데 이미 다른 사람들이 다 말해버렸다.

더 이상 지키는 게 무슨 의미가 있겠는가.

너도나도 다 불기 시작한다.

그렇게 대신전은 황녀와 합작해 한시민을 구출해 올 준비를 거의 마친 상황이었다.

마계로 향하는 게이트!

"이제 게이트를 열 흑마력만 모으면 됩니다, 황녀님."

"어서 더 많은 흑마법사를 생포해 오세요."

"네."

디데이가 머지않았다.

그러는 와중에도 모험가들에게서 한시민에 대한 소식은 끊임없이 올라온다.

"뭐라고요? 서방님이 천계에?"

"예, 황녀님. 천왕이 마계를 기습했고 마왕과 부군께서 어떻게든 막기 위해 온 힘을 다했지만 비겁한 천왕이 부군의 성역을 빼앗아 거칠게 몰아붙이는 바람에 현재 천계로 몸을 피신했다 하십니다.”

“…….”

뭔가 상당히 편파적이고 내가 잘못 듣고 있나 싶은 느낌은 가볍게 무시한다.

그건 함께 듣고 있던 신전의 사람들 역시 마찬가지다.

천왕이 어째서 악의 무리로 비유되는지는 몰라도 눈에 보이지도 않는 천왕보다는 현재 분노가 머리끝까지 치밀어 올라 흑마법사의 인권 따위는 안중에도 두지 않고 고문하는 걸 망설이지 않는 황녀가 더 무서웠다.

“어서 게이트를 열어야 해요.”

성녀 또한 한시민의 편이었고, 그녀가 한시민의 편이면 자연스럽게 장로들도 따른다. 특히 세인트는 거의 그녀의 대변인이다 싶을 정도로 열을 냈다.

“성역을 빼앗다니! 그것은 신께서 모험가에게 허락한 물건! 그걸 빼앗았다는 뜻은 신물을 욕심내고 강탈했다는 의미입니다! 천왕이 어쩌면 변절했을 수도 있습니다.”

천왕이 듣는다면 상당히 섭섭할 말이지만 어쨌든 그렇게 한시민의 구조에 열을 올리고 있는 상황에서 켄지의 전언이 도착했다.

세인트에게.

세인트는 켄지를 별로 좋아하진 않지만 수정구를 받았다. 당연히 표정은 더러울 수밖에 없었다.

켄지 역시 마찬가지였다. NPC 따위에게 질투를 느끼거나 하지는 않는다. 애초에 상대도 되지 않는다 생각하며 성녀와의 데이트는 결국 그와의 경쟁을 통해 이뤄내는 게 아니라 누가 더 한시민에게 잘 보이느냐의 싸움으로 결정 날 테니까.

그 부분에 있어서는 충분히 자신감이 넘쳤다.

다만 그의 표정도 좋지 않은 까닭은 여전히 화가 식지 않기 때문이다. 수정구를 잡으면서도 억울함을 풀 수가 없다.

아무리 생각해도 보상을 받기로 했지만 농락당하는 기분은 참.

그래도 희망을 품었다.

어쨌든 돌아오기만 하면 한시민의 뒤통수를 한 대 후려칠 수 있는 기회는 널리고 널렸다.

리치 영지, 리치 카지노.

이런 리스크가 큰 부담을 지지 않아도 되는 방법.

그가 돈을 쓰고 한시민에게는 그리 가치가 없는 재능을 사는 것 말고 한시민이 정말 목숨처럼 아끼는 돈을 잔뜩 뜯어낼 수 있는 기회.

그게 대기하고 있다. 그래서 지금은 순순히 거래에 응했다.

하나 세인트에게마저 나긋나긋 웃을 필요는 없지 않은가.

—시민 님이 말을 좀 전해달라 해서 전해드립니다. 혜기 씨에게 천계 이동 게이트를 열라고 하십니다.

"천계 이동 게이트를요? 왜죠?"

—글쎄요. 저도 전해달라고만 들어서 이유는 잘 모르겠군요.

"……왜 하필."

—그럼 끊겠습니다.

용건만 주고받은 대화는 금세 끝났다. 더 이상 할 말도 없었다.

대화를 끝낸 세인트는 고민에 빠졌다.

대체 왜? 이 상황에서 천계 이동 게이트를?

물론 유추는 쉽게 됐다.

현재 천왕이 마계에 있고 마왕과 한시민이 천계에 있으니 천계를 통해 나오려고 하는 것일 수도 있다.

아니, 그게 가장 가능성이 크다.

굳이 유추하지 않아도 들으면 딱 감이 오지 않는가.

하나 확신할 수가 없다.

무엇보다 세인트는 켄지를 믿고 싶지 않았다.

"속을 알 수 없는 모험가니."

모험가들끼리는 어디에 있건 대화할 수 있다는 사실 정도야 이미 들어서 알고 있다.

그 메커니즘에 대해선 NPC들은 백날 생각해도 납득할 수는 없지만 이미 증명된 바 있고 그를 통해 많은 연락을 주고받는 걸 이미 경험하지 않았던가.

하나 거짓말일 경우도 존재한다.

자세한 설명 또한 하지 않았다.

만약 하라는 대로 했다가 문제라도 생기면?

해서 세인트는 판단을 포기했다. 그는 대신전의 장로지만 이런 중차대한 문제를 결정하기엔 짬이 부족하다.

있는 그대로 교황에게 전했다. 교황은 또 그대로 황녀에게 전했다.

"음."

황녀가 고민했다.

어떻게 해야 하나.

거짓 같지는 않다. 어차피 모든 계획이 전부 모험가들의 말을 믿는다는 가정하에 진행되었다. 이제 와서 믿기 힘들다고 의심하는 건 말이 안 된다.

고민 끝에 결정했다. 황제에게 물어보기까지 한 뒤의 결정이었다.

"먼저 천계 이동 게이트를 열어요. 그리고 동시에 마계 게이트도 함께 엽니다."

부담을 최소화한 결정!

어떻게든 한시민을 데리고 올 수 있는 최적의 방법.

황녀의 사심이 100% 들어간 결정.

그렇게 마계 게이트와 천계 이동 게이트는 동시에 준비되었다.

천계에서의 준비는 끝났다.

크게 준비할 것도 없었다.

천왕이 쓰던 마법진에 신성력을 불어넣는 게 가장 큰 문제였는데 그건 일회용으로 신물 두 개를 바치는 것으로 해결했으니까.

“아, 아까워. 이 두 개도 가져가면 진짜 비싸게 팔 수 있을 텐데. 아리아, 뭐 다른 방법 없냐? 예를 들면 네가 어떻게 짜내서 한다든지 에피아가 마력을 보태준다든지.”

“…….”

물론 소식을 듣는다면 천왕은 기절할 것이다.

무려 신물이 두 개다.

신물.

그냥 인간들이 가져다 붙인 이름도 아니고 천왕이, 그것도 수백만 년 전부터 신이 내려준 세 개뿐인 물건이다.

마왕과 싸울 때도 아끼고 천계가 위험에 빠질 때도 어떻게든 유지해 오며 현대에 이르러 세 개가 된 신물을 그냥 대륙으로 가기 위한 신성력의 대체재로 쓴단다.

어찌 어이가 없지 않을 수가 있을까.

당장 현피를 하기 위해 달려와도 이상하지 않다. 천왕은 모른다는 게 문제지만.

"이딴 거 다 갖다 버려도 싸지. 개 같은 놈. 내 성역을 처먹고 무사할 줄 알았다면 경기도 오산시다, 새끼야."

게다가 한시민은 일말의 양심의 가책도 느끼지 않고 있었고.

신물들보다 자신의 15강 성역을 더 높게 평가한다.

해서 두 개를 바치는 게 아쉽기는 했지만 극구 반발하지는 않았다.

선택의 여지가 없다는 것도 한몫했다.

정말 할 수만 있으면 아리아의 신성력을 바닥까지 쪽쪽 빨아 게이트라도 열겠지만 부족하단다.

에피아의 흑마력에 반응하리라는 말은 그냥 조크로 넘길 만큼 어이가 없는 개소리고.

무엇보다 하나가 남는다. 하나라도 가져다가 잘 팔면 15강 성역 아쉽지 않은 효과를 낼 수 있으리라는 계산이 있었다.

15강을 할 수도 있고.

"자, 가자."

망설임 없이 마법진 위로 던져지는 두 개의 신물. 하나는 품속에 꼭 간직한다.

그와 함께 아리아의 주문으로 발동되는 마법진.

우웅-

신물에서 신성력이 쏟아져 나온다.

그것을 컨트롤해 마법진을 무사히 발동시키는 게 아리아가 할 일이다.

그 간단하고 가벼운 것마저도 아리아의 한계다.

천왕이 얼마나 대단한 존재인지 다시 한번 깨닫게 되는 순간, 마법진이 발동된다.

그것만으로 그녀의 온몸은 땀으로 범벅되었다.

이제부터는 기다림의 시간.

반대편에서 답을 줘야 한다. 차원 이동 게이트이기에 양쪽에서 같은 힘이 가해져야 한다.

아리아의 시선이 절로 한시민에게 향했다.

"조금만 기다려 봐. 빨리하라고 했으니까."

보채는 게 아니다. 정말 힘들어서 저도 모르게 시선이 갔다. 고개를 끄덕이면서도 계속 인상이 찌푸려진다.

포기하고 싶다.

한시민은 그런 그녀에게 해줄 말이 없었다.

희망은 절망의 반대말이다.

괜히 어쭙잖은 희망은 기약 없는 기다림에 가장 큰 적.

정신을 잃기 직전까지의 기다림 속.

우우우우웅-

게이트가 열렸다.

"가요. 어서……."

아리아가 맥 빠진 목소리로 외쳤다.

스페셜리스트가 먼저 몸을 던졌다.

한시민이 망설이는, 처음으로 두려운 표정을 짓고 있는 에피아의 손을 잡았다.

"오빠 믿고 따라와."

한쪽엔 에피아의 손을, 한쪽엔 아리아의 손을 잡은 한시민도 게이트에 몸을 던졌다.

아주 잠깐 열렸던 게이트는 언제 그랬냐는 듯 빛을 잃었다.

시끌벅적하던 천왕의 성도 다시금 조용해졌다.

그리고 신의 힘을 받아 영롱하게 빛나던 신물 두 개도 그와 함께 생을 마감했다.

고요한 침묵이 맴돌았다.

Episode 53.

눈치게임

1

천계에서 대륙으로 이동하는 게이트를 준비하며 한시민이 물었었다.

"에피아, 대륙엔 오랜만에 가는 거지? 뭐 이미 예전에 한 번 갔다 왔었지만 그래도 혹시 모르니까, 그리고 우리 예전 추억도 다시 떠올릴 겸해서 그때처럼 계약서 쓰고 갈까?"

"……?"

"아니, 뭐. 날 반려로 인정해 준다니까 나도 너한테 사기 칠 생각은 없는데 좀 불안해서 말이야. 믿긴 하지만 내가 원체 사람을, 아니, 누구든 잘 못 믿어서 이런 거 하나 써두면 괜찮지 않을까 싶어서. 혹시 모르잖아. 나중에 네가 나 질린다고 반려고 뭐고 죽여 버린다고 검을 막 휘두르면 연약한 난 막을 힘도 없고."

"……."

진심을 담아 하는 이야기.

정말 이번엔 언제나 10% 정도도 안 섞던 진심이 50% 이상 섞여 있었다.

그만큼 진지했다.

그럴 수밖에 없다. 실제로 일어날 수 있는 일이니까.

막말로 에피아가 지금은 그를 반려로 인정해 주고 있지만 대륙에 있는 그의 여자들을 보면 또 어떻게 변할지 누구도 상상할 수 없다.

죽이는 건 오바라고 해도 강제로 납치한다거나 그와 엮여 있는 여자는 모조리 죽인다거나 하면 상당히 골치가 아파진다.

게임이니까 상관없다는 생각은 할 수도 없다.

매정한 사람이 되어 생각해도 황녀와의 관계는 지속되어야 한다.

무엇보다 베타고가 만든 이 세상의 인공지능이 상상 이상, 정말 또 하나의 세상에 살고 있는 생명체라는 걸 인지하고 인정하기 때문에 내뱉은 말이기도 하다.

확인하고 싶다. 도장 찍고 싶다.

한시민도 더 이상 에피아를 그냥 털어먹을 마왕 정도로만 생각하지는 않는다. 갈대 같다고 말할 수도 있겠지만 남자는 누구나 육탄 공격에 흔들릴 수밖에 없다.

아예 푹 빠지는 정도는 아니지만 옆에 두면서 의자왕 노릇도 해보고 싶다.

물론 그건 부수적인 것일 뿐이다. 궁극적인 목적은 혹여 에피아와 마찰이 있다고 해도 원하는 대로 그녀를 이용하고 싶어서다.

그런 진심은 에피아에게 잘 전달되었다. 사악한 면들만 빼고.

한참을 고민하던 에피아가 고개를 끄덕였다.

“그렇게 해, 자기야. 어차피 넌 내 인생의 반려니까. 날 마음대로 해도 좋아.”

“…….”

뭐야, 마왕 맞아?

순간 멈칫할 정도로 순종적이다.

하나 그녀의 말에 담긴 감정은 단순히 자포자기라거나 그런 것이 아니었다.

진정한 신뢰.

그게 느껴졌다.

수백 년 전 전대 강화사로부터 이어져 온 인연이기 때문만도 아니다.

스토리 퀘스트. 그에 이어지는 그녀만의 종족 퀘스트.

서큐버스 여왕으로 각성하는 진짜 숨겨진 퀘스트를 완료한 뒤 한시민에게 주어진 비공개 보상이다.

홀로그램으로 뜨지 않은 이유는 보상이 그녀의 신뢰이기 때문이다.

판타스틱 월드만의 매력.

모든 게 게임 같지 않다.

NPC의 마음을 사로잡는 것에 홀로그램이 관여할 수 없으며 심지어 베타고마저도 통제하지 않는다.

이제 한시민은 더 이상 에피아에게 과거 연인의 환생이 아니다. 그냥 한시민 그 자체다. 그녀의 평생 반려고.

그런 남자에게 계약서에 도장 찍어주는 것 정도는 아무렇지 않게 해줄 수 있다. 설령 그게 신체포기각서라 한들.

서큐버스의 사랑은 그러하다. 반려에겐 영혼마저도 팔 준비가 되어 있다.

남자들의 정기를 빼먹지만, 동시에 진짜 사랑에게는 그녀의 모든 것을 주는 로맨티스트.

"부럽다."

정현수가 저도 모르게 내뱉을 정도로 부러운 그림이었다.

말만 들어보면 진짜 예쁜 사랑이고 지고지순하다 생각하겠지만 보이는 모습은 고등학생과 20대의 풋풋하고 거침없는, 침이 절로 삼켜지는 격렬함이었으니까.

그러거나 말거나 한시민이 에피아의 허락에 그녀를 안으며 계약서를 내밀었다.

예전에 만들어 놓았던 계약서에서 내용을 바꾼 그녀만을 위한 계약서!

물론 그 속엔 한시민에게 유리한 내용이 잔뜩 들어가 있다. 그로킬레처럼 노예 계약서 수준은 아니지만.

받아 든 에피아가 수십 장은 되는 듯한 계약서를 펼쳐 보지도 않은 채 손가락을 깨문다.

한시민은 이미 서명을 해놓았으니 남은 건 에피아의 결정.

피를 떨어뜨리기 전 에피아가 웃으며 말했다.

"조항 하나만 넣어도 돼?"

"응? 당연하지."

한시민이 얼른 고개를 끄덕였다. 보아하니 그냥 읽지도 않고 서명해 줄 생각인 듯했다.

그렇게 된다면 이면으로 작성해 둔 계약서의 의미가 사라지지만 좋은 결말!

에피아가 피로 서명 대신 한 줄의 문장을 추가했다. 그러곤 한시민이 보기도 전에 서명까지 마쳤다.

팟-

계약서가 찢어지며 계약의 성사를 알려주었다.

궁금증에 한시민이 얼른 머릿속에 각인되는 계약서의 내용들을 훑는다.

되돌릴 수는 없지만 그래도 그녀가 추가한, 다른 계약 내용들 따위는 어떤 것이든 상관없다는 마인드임에도 하나만큼은 넣고 싶어 했던 것이 뭘까.

"서큐버스 에피아의 반려인 갑, 시민은 을, 서큐버스 에피아와 일생을 함께한다?"

그리고 머릿속에서 그려지는 그녀의 문장.

한시민이 고개를 갸웃했다.

뭐지, 고작 이거?

뭔가 말 자체가 상당히 애매하고 범위가 넓어 보이지만 딱히 손해 볼 내용은 아니다.

그냥 단순하게 생각해서 사기 계약으로 인해 생명이 위험할 때를 대비한 보험 같은 느낌.

"에피아, 우리 잘살아 보자."

"응."

어쨌든 그건 곧 한시민을 그만큼 믿는다는 뜻이 아니겠는가.

한시민은 그렇게 대수롭지 않게 생각하고 넘겼다. 그보다 더 신경 써야 할 문제가 있었으니까.

"그리고 난 대륙에 못 가."

"엥?"

계약을 마친 에피아의 발언.

"천계의 게이트로 대륙으로 넘어가는 건……. 아직 누구도 해본 적 없는 시도야. 자칫하면 소멸될 수도 있고."

"……."

그걸 왜 이제 말해.

인상이 팍 찌푸려졌다.

지금껏 에피아 없이도 잘 살아왔다. 그러나 한시민이 에피아와 함께 대륙으로 넘어가려는 이유는 어디까지나 이용해 먹으면서 이득을 좀 보기 위해서였다. 그를 위해 그려놓은 큰 그림도 몇 개 있다.

그런데 못 간다니. 김칫국을 장독대 채로 들이켠 한시민 입장에선 결코 용납할 수 없는 상황이다.

"아니."

포기하면 되긴 하다. 하나 걸리는 게 한두 가지가 아니다.

"여기 남으면 죽을 수도 있잖아, 어차피."

계약서.

불과 10초 전에 완료한 영혼의 계약.

갑자기 그 조항들이 불안함으로 밀려온다.

에피아가 여기 남아서 결국 천왕과 마주하게 된다면?

죽을 수도 있다.

죽거나 말거나 피해 볼 건 없었지만 이제는 다르다.

단순히 볼 수 있는 이득을 포기하는 수준이 아닐 수도 있다.

계약의 내용이 발휘되어 순장 같은 개념으로 한시민마저 죽는다면?

유저는 다시 살아나지만 이는 영혼의 계약이다. 베타고가 그렇게 허술하게 만들어 놓았을 리가 없다.

에피아 또한 언젠가 살아나지만 그때까지 유저도 살아날 수 없게 페널티를 걸어놓았다면?

혹은 영구 캐릭터 삭제라든가.

"……."

일말의 불안함조차 남기지 않고 플레이하는 게 게임에선 가장 좋다.

특히 이제 판타스틱 월드는 한시민에게 더 이상 단순한 게임이 아니다. 일생의 기반이다. 가치로 판단하면 적어도 수천억은 될 것이다.

자랑하는 게 아니라 실제로 방송으로 버는 돈만 한 번에 수십억이지 않는가.

"아이 씨."

에피아가 의도한 상황은 아닐 것이다. 하지만 어쩌다 보니 정말 평생 함께하게 생겼다.

한시민이 그녀를 설득하기 시작했다. 어차피 여기 남겨 두나 게이트를 넘다 죽으나 죽는 건 매한가지다. 그럴 바엔 통제되지 않는 상황에 확률을 거는 것보다 운에 맡기기로 했다.

그게 그녀가 두려운 표정으로 한시민과 함께 게이트에 몸을 던지기까지의 과정이었다.

천왕이 마왕성에 도착했다.

그 길에 수많은 서큐버스가 도망치지 않고 어떻게든 조금의 천족들을 죽이기 위해 온갖 발악을 하는 바람에, 그리고 설치되어 있는 수많은 함정 때문에 많은 천족이 희생되었지만 성역의 힘으로, 천왕의 힘으로 무사히 마왕성의 성문을 쳐부술 수 있었다.

넓디넓은 마왕성.

서큐버스의 특성이 가득 들어 있는 몽환적인 분위기.

그곳에 가장 중요한 서큐버스 퀸, 에피아는 없었다.

바보가 아닌 이상 눈치채지 못할 리가 없다. 그녀가 도망친 곳은 마왕성이 아니다.

"……그럼 어디."

다른 곳으로 내뺐단 말인가. 술래잡기라도 하자는 건가.

천왕의 분노가 머리끝까지 치밀어 올랐다.

사실 이러는 건 서로 시간 낭비일 뿐이다. 동시에 열을 낼 필요도 없는 일이기도 하다. 결국 천왕과 마왕의 대결이라 하더라도 100% 그렇지만은 않은 게 또 세상의 이치니까.

천계와 마계를 구성하는 구성원들이 없으면 아무런 의미가 없다.

물론 천계와 마계에 존재하는 종족들의 수는 하루아침에 멸종될 정도로 그렇게 적지 않다.

당장 흑마법사만 봐도 알 수 있다. 대륙 전체의 숫자에 비하면 턱없이 부족하지만 언제든 어디서든 꾸역꾸역 나온다.

전부 멸종한다는 건 불가능하다.

그래서 중요한 게 땅이다. 괜히 정복자들이 왕국이니 제국이니 세워서 자신들의 영역을 표시하는 게 아니다.

"마계를 정복한다. 천계에 알리도록."

"예, 천왕님."

이제는 더 이상 감정적인 줄다리기를 하지 않기로 했다.

천왕의 무서운 점이다.

냉철하다.

마계를 완전히 천족의 것으로 만들리라.

마족들이 다시는 뭉치지 못하도록 한다면 수백만 년 이어져 온 이 전쟁은 끝을 맺을 수 있다.

더 이상 대륙 침공과 같은 일 또한 벌어지지 않으리라.

그런 천왕에게, 천족 하나가 허겁지겁 달려왔다.

"천왕님! 큰일 났습니다!"

"무슨 일이냐."

전쟁에는 참여하지 않았던, 천왕성에서 성을 관리하던 천족이었다. 새파랗게 질린 얼굴로 그가 다급히 보고했다.

"천왕님, 천계에…… 천계에!"

"천계에 왜!"

어지간해선 숨이 잘 차지 않는 천족이 숨을 몰아쉬며 말도 제대로 못 하고 더듬는다.

답답함에 다그치던 천왕이 자리에서 벌떡 일어났다.

"설마!"

멍청이가 아닌 이상 말을 다 듣지 않아도 어느 정도 무슨 일인지 감이 온다.

지금의 상황.

그리고 천계, 그것도 천왕의 성에서 시중을 들던 천족이 여기까지 몸소 행차한 이유.

이렇게 숨이 찰 일이 없다. 그건 그만큼 다급한 상황이라는 뜻인데 천계에 다급한 일이 있어봐야 얼마나 있겠는가. 그것도 천왕이 기거하는 성에.

하늘에서 갑자기 신이 뛰쳐나와 천벌을 내리치지 않는 이상 다급할 일은 하나뿐이다.

신에 버금가는, 천왕 이외에 막을 자가 없는 적의 기습.

“건방진 계집…….”

천왕의 인상이 찌푸려졌다. 동시에 돌아갈 채비를 갖췄다.

뒤쫓지 않겠다던 여유는 같이 죽자는 식의 마왕의 행보에 깨질 수밖에 없었다.

승리를 거머쥔 상황에서 최우선시해야 할 것은 적의 섬멸이 아니라 아군의 피해 최소화니까.

돌아가려는 천왕의 눈에, 마왕성 한가운데 어느새 생겨난 어둠을 흩뿌리는 게이트가 들어왔다.

2

사실 걱정이 되긴 했다.

계약서 내용이 어떻게 적용될지도 모르는 사안이고 더군다나 천족 게이트를 넘으면서 자칫 소멸할 수도 있다고 하니 당연한 이야기다.

하지만 결국엔 했어야 하는 선택이었다.

에피아를 홀로 천왕성에 두고 대륙으로 넘어간다.

그건 뭐, 그래. 원래 애당초 데리고 갈 생각이 없었긴 하다.

누가 마왕을, 대륙을 꿀꺽 집어삼키고자 발악을 하고 있는 어찌 보면 판타스틱 월드의 최종 보스를 대륙으로 데리고 가겠는가.

아무리 한시민이라 해도 그렇게까진 하지 않는다.

대륙을 말아먹으면 가장 크게 손해 보는 건 그다.

당장 영지가 날아가고 새로 투자 중인 카지노가 날아간다.

거기에 그의 뒤를 밀어줄 황녀가 죽을 것이고 황제 또한 마찬가지.

인생 자체가 끝나는 건 아니다. 한시민은 그런 인간이니까.

혹여 서버 종료를 앞둔 상황이라도, 서버 셧다운이 1초 남은 그 상황에서까지 어떻게든 한 푼이라도 벌기 위해 운영자와 말싸움하고 다음 게임에 홍보를 해주겠다며 손을 비빌 놈이니까.

적어도 지금 판타스틱 월드가 갑작스러운 세계 5차 대전의 발발로 인해 사라지지 않는 이상 서버 종료가 아쉬울 상황은 아니기에.

하지만 어디까지나 극단적인 가정이다.

사람은 누구나 잘 먹고 잘살고 싶어진다.

막말로 그냥 평생 놀고먹을 돈이 있어 쉴 거였으면 로또 1등 당첨된 사람들은 편안하게 월 150씩 생활비 명목으로 사용하며 여생을 보내지 않았겠는가.

하나 그러지 않는 건 언제나 더 나은 삶을 원하기 때문이다.

한시민 역시 마찬가지다.

멀리 보면 더 나은 삶을 위해 마왕은 그저 대륙으로 가는 중간 다리일 뿐이었다.

스토리 퀘스트를 완료하기 전까진.

지금은 달라졌다. 계약서에 도장까지 찍은 이상, 에피아가 계약서에 추가한 한 문장이 찝찝해서가 아니라 이제는 그녀가 그의 완전한 소유가 되었기 때문에 데리고 갈 필요가 있었다.

버리고 간다? 어쩌면 소멸할지도 모르는데?

그게 가능할 리가 있나.

이를테면 이런 셈이다.

일회용 던전에 들어갔는데 보상으로 드래곤을 획득했다.

그런데 그 드래곤이 사실 더럽게 잠자리를 가리는 종족이라 그 일회용 던전이 아니면, 유저들이 사용하는 출구로 나가면 죽을지도 모른다. 확실한 건 아니지만.

그러면 어떻게 하겠느냐의 문제다.

두고 가면 되긴 하다.

대신 두고 가면 언제 되찾을 수 있을지 모른다.

밖으로 가지고 나가면 그를 통해 랭킹 1위를 찍을 수도 있는데.

거기에 지금은 그 드래곤이 두고 가면 죽을지도 모른다.

그래서, 데리고 나왔다.

"……멀쩡하네?"

그리고 보았다. 소멸은커녕 아주 쌩쌩한 표정으로 신기한 듯 대신전을 둘러보고 있는 한 소녀의 모습을.

"진짜……."

이렇게만 보면 영락없는 천사인데.

정말, 드레스도 마족 같다기보다는 새하얗기에 더 천족 같다.

어디 가서 천사라고 해도 믿을 만큼 순수하게 예쁘다.

영상을 본 사람들이 마왕에 이입해서 저 재수 없는 천왕 자식을 죽여 버리라고 응원하는 마음이 이해가 갈 정도.

"아빠!"

그런 마음과 함께 안도의 한숨을 내쉬는 동안 저 멀리서 익숙한 목소리가 들려왔다.

빼액이!

오랜만에 봐도 저 완벽한 비주얼은 정말 아빠라는 단어를 떼버리고 싶을 정도로 완벽하다.

환하게 웃어주며 두 팔을 벌려 뛰어오른 빼액이를 받아 든다.

"컥."

엄청난 대미지와 함께 바닥에 쓰러지지만 내색하지 않았다.

그래, 오늘만큼은.

그래도 빼액이 아니었으면 다시 돌아오지도 못한 채 적진의 한가운데에서 다시 돌아올 천왕이나 하염없이 기다리며 목이나 닦고 있었을지도 모른다.

하아, 어쩌다 성역을 빼앗겨서.

그보다 더 괜찮은 물건을 가져오긴 했지만 한시민의 욕심에 끝없이 아쉬운 건 어쩔 수 없다.

"뭐야?"

"아, 내 딸."

"딸?"

그런 둘을 옆에서 흘겨보며 묻는 에피아에게 얼른 변명하며 빼액이에게 묻는다.

어차피 계약서를 쓴 이상 그녀의 질투 따위에 쩔쩔맬 필요는 없다.

그보다 더 중요한 문제가 있지 않은가.

"헤기야, 얼마 썼니?"

"응?"

"얼마 들었냐고. 천계 이동 게이트 여는 데."

"아아."

비용 처리!

쓸 만큼 쓰라고 혹시 몰라 충전은 많이 해두고 갔지만 그건 어쩌면 평생 다시없을 마지막 코인 충전이었다.

돈을 현금으로 많이 벌고 또 골드도 많이 들어오는 한시민이 딱 한 번 부릴 수 있었던 사치.

이제는 목숨보다 돈 대신 돈을 쓰더라도 목숨을 지키는 게 이득인 수준까지 성장한 한시민이기에 내릴 수 있었던 결정.

가지고 있던 무려 35만 골드를 전부 골드 포인트로 넣어놨었다.

구질구질하게 교환 불가 금액이 된 돈을 현금화하고 싶지는 않지만 무려 525억 원의 가치를 지닌 포인트!

그걸 다 썼을 리는 없다.

맞아, 없을 거야. 설마.

그냥 상태창을 열어 확인해 보면 되는 거지만 차마 그럴 용기는 없는 한시민이 속으로 기도하며 빼액이의 앵두 같은 입술이 열리기만을 기다렸다.

질문을 받은 빼액이는 일말의 망설임도 없이 한시민의 질문에 대답해 주었다.

그녀는 이런 질문에 미안함을 느끼거나 혹은 망설이지 않는다. 어디까지나 한시민이 허락한 부분이니까.

그는 분명 얼마든 천계 이동 게이트를 열기 위해 골드 포인트를 쓰라고 했다.

그녀가 욕을 먹을 일은 없다.

"응, 30만 골드!"

"……."

만천하에 공개되는 차원 이동 게이트의 가치에 몇 존재하지 않는 생명체들의 입이 벌어졌다.

기껏해야 마계에서 넘어온 스페셜리스트와 빼액이 곁을 지키던 세인트뿐이었지만 놀라운 숫자였다.

가장 많이 놀란 건 한시민이었다.

웃으며 머리를 쓰다듬던 한시민의 손이 멈췄다.

올라갔던 입꼬리도 부르르 떨렸다.

"3, 30만 골드?"

"응!"

숨을 들이켰다.

제발 거짓말이라고 말해줘.

정색하며 기다렸지만 번복되는 일은 없었다.

한참 동안 명상의 시간이 이어졌다. 그러다 정신을 차리고 일어났을 때, 한시민은 더 이상 충격에 빠져 있지 않았다. 그는 현실을 직시할 줄 아는 사람이다.

되는 것과 안 되는 것의 차이로 징징대지 않는다.

기회비용.

무언가를 얻기 위해선 무언가를 포기해야 한다.

한시민은 마계에서 판타스틱 월드에 길이 남을, 적어도 15년 이상은 관련 자료 영상으로 쓰일 컨텐츠들을 레전드로 찍고 거기다 유저들은 결코 구할 수 없는 천왕의 신물마저 하나지만 가져왔다.

그거면 됐다.

적어도 그것들이면 그가 소모해야 했던 30만 골드 이상의 값어치를 할 수 있다.

아니.

"하게 만든다."

열정이 불타올랐다.

괜찮을 수 있는 유일한 이유는 그거 하나뿐이다. 본을 뽑을 자신이 있었으니까.

본만 뽑아선 안 된다. 30만 골드, 그러니까 450억 이상을 뽑아내야 본전이다.

한시민이 생각하는 대박 컨텐츠로 인생 역전의 기준은 적어도 그만큼 이상은 더 벌어야 한다.

30만 골드를 쓰지 않았다면, 그 정도를 벌었으리라는 생각은 자연스럽게 한계치가 두 배까지 상승해 버렸다.

말도 안 되는 목표다.

그것도 반년 이내에 본을 뽑을 생각으로 세운 계획이다.

반년에 450억.

아마 사람들이 들으면, 아니, 당장 몇 년 동안 코빼기도 안 비췄던 집구석에 들어가 어머니와 아버지께 당당히 말하면 정신병원에 데려가지 않을까 의심될 정도로 허무맹랑한 말이다.

당장 계획을 세우는 한시민마저도 조금 주눅 들긴 했다.

들어오는 돈이 워낙 많긴 하지만 그럼에도 450억은 그만큼 더 많은 돈이다.

하늘 위의 하늘 느낌이랄까.

하지만!

할 수 있는 까닭은 정말 가지고 온 신물보다 더 귀중한 보물 덕분이다.

에피아.

메인 퀘스트의 산물!

그녀와 함께라면 천왕을 제외하고 어떤 적도 때려 부술 수 있다.

페널티 따위가 걸렸어도 상관없다.

상급 마족 그로킬레 정도의 힘만 낼 수 있어도 대륙은 그의 것이다.

당장 15강 한 검과 방어구를 들고 제국의 수도로 쳐들어간다면 어이가 없지만 한시민이 황제를 할 수도 있다.

희망에 가득 찬 눈빛이 무럭무럭 샘솟는다.

빼액이를 떼어낸 한시민이 진지한 표정으로 에피아를 보았다.

그녀만 있다면야. 뭐가 두렵겠는가.

"에피아, 괜찮아?"

"……언니, 저 질문이 난 왜 저렇게 낯설게 느껴질까."

"아마 게이트에서 넘어온 지 1시간이 지났기 때문일걸?"

"징한 놈."

스페셜리스트의 팩트 폭행 따위에 굴하지 않는다. 한시민은 어디까지나 우선순위에 맞춰 질문할 뿐이다.

에피아는 기분 나쁘다는 표정 대신 생긋 웃으며 고개를 끄덕였다.

그녀는 이미 옛날부터 한시민의, 전대 강화사의 이런 모습에 매력을 느끼고 반했다.

어찌 보면 그녀 또한 변태다.

"에피아도 제정신은 아닌 것 같아."

"서큐버스잖아. 평범한 남자로 만족할 리가 없지."

강예슬이 자신의 취향을 조금 더 바꿔야 하나 고민하는 시점에서 에피아가 한시민의 안부 인사에 상큼한 답변을 날려주었다.

"자기야, 나 힘을 잃었어."

"……?"

"게이트를 넘으면서 모든 힘이 제약당했어."

희망이 산산이 조각나는 밝고 경쾌한 한마디였다.

한시민 채널의 애청자들은 원래부터 한시민의 팬이었다.

처음 방송할 때부터 팬이었던 사람들은 지금까지도 고정 팬이었고 그 이후에 꾸준히 유입된 사람들도 판타스틱 월드에 현질은 안 하지만 한시민 방송에 쓸 돈은 따로 마련할 정도로 한시민의 방송을 높게 평가했다.

매번 시청료가 늘어도 불평 하나 없다. 불평하지 않는 사람이 없는 건 아니었지만 한시민은 채널에 적힌 글 따위 거들떠보지도 않기에 없는 셈.

어쨌든 이제 20만 원이라는 높은 시청료와 더불어 한번 틀면 12분은 가볍게 넘어가는 광고에도 불구하고 고정 시청자만 10만이 넘어가는 한시민의 방송은 메이저라 불러도 손색이 없었다.

세계적인 스트리머 다섯 명을 꼽으라면 그중 원톱이라고 불릴 정도.

방송을 시작한 지 1년 채 안 된 사람에겐 과분한 칭호다.

하나 누구도 인정하지 않는 사람은 없었다.

돈.

세상에서 가장 잘 벌고 만들어내는 컨텐츠 또한 반박할 수가 없다.

대부분은 그냥 게임 영상이다.

라고 말하면 뭐 어쩔 수 없다. 한데 판타스틱 월드 영상은 영화로까지 제작되고 있는 현실에서 그런 비현실적인 이야기는 반박하지 않는 게 아니라 그런 자식이랑은 말을 섞는 게 인생 낭비기 때문에 그러려니 그렇게 생각하며 살아라 하고 무시하는 것이다.

그렇게 한시민이 인지하지 못하는 사이 그의 이름은 현실에서 판타스틱 월드를 뛰어넘고 있었다.

—이건 진짜 21만 원으로 올라도 내가 꼭 본다.

이런 사람이 나올 정도로.

물론 그냥 해본 말일 것이다.

일주일에 두세 번, 드물면 한 번 방송한다고 하지만 한 달로 치면 80~100만 원이다. 그 금액이 부담되지 않는 사람이 어디 있을까.

그나마 양질의 영상이게 마련이지.

한데 그런 말이 나오자마자, 귀신같이 한시민의 공지가 올라왔다.

—먹고살기 힘들고 물가가 올라 부득이하게 시청료를 올립니다.

당연한 말이지만 이건 그 말을 보았기 때문이 아니다.

에피아가 힘을 잃었다는, 큰 그림에서 도화지가 없다는 말을 듣자마자 내린 빠른 결정이다. 만만한 게 방송이니까.

쉽고 빠르고 확실하게 당길 최적의 방법.

반발 따위야 생각한 목표치를 채우기 위해선 감수하겠노라!

당당한 의지에 맞서 수많은 글이 채널에 올라왔다.

—30만 원이 말이나 되냐.

—전 세계적으로 중세 시대 이후 역대급 경제 호황이라는데 X발, 이 PJ는 왜 혼자 1960년대 6·25 전쟁 이후 맹키로 1.5배 물가를 올려 버리냐.

3

방송이 생방송은 아니었다.

마계에서의 마지막 파트. 엘리전을 시작하고 난 뒤부터 에피아와의 극적인 계약과 더불어 목숨을 건 사랑의 도피까지.

딱 거기까지 촬영한 영상이었다.

하나 그럼에도 시청자들은 그런 거 신경 쓰지 않고 여전히 많이 들어왔다. 어차피 생방송이라서, PJ 시민과 소통할 수 있다는 이점 때문에 한시민의 방송을 보는 사람은 없다.

한시민이 일 년 가까이 방송을 하며 시청자와 소통한 적은 손가락에 꼽을 정도.

그냥 녹화본을 트나 생방송을 트나 시청자들에겐 지금까지와 별 차이가 없다는 뜻.

게다가 한시민은 녹화 영상을 편집도 하지 않는다.

있는 그대로. 몇 시간이 되었든 영상을 그대로 올려 버리니 이게 진짜 녹화 영상이라고 말을 해줘도 생방송 같은 느낌이 물씬 난다.

물론 이렇게 녹화 영상을 생방송으로 트는 방송을 넘기고 채널에 올라오는 영상으로 보는 사람도 적지 않다.

그건 한시민의 생방송이 싫어서가 아니다. 오로지 시간이 없어서다.

마음 같아선 월차라도 쓰고 3박 4일 동안 침대에 전기장판 틀고 귤이나 까먹으면서 뒹굴뒹굴 한시민의 풀 영상을 보고 싶지만 각박한 헬조선에서 어떻게든 목에 풀칠이라도 하려면 그럴 수 없으니까.

하이라이트로 정리된 영상이 없으니 10초씩 건너뛰면서라도, 2배속, 3배속으로라도 보려고.

그걸 제외하고는 대부분 생방에서 녹화 영상을 틀든 생방을 하든 개의치 않는다.

어차피 생방 같은 느낌은 언제나 같다.

—XX. 녹화 영상인데도 광고 트는 건 정말 칼 같네.

—ㄹㅇ 그런데 난 오히려 녹화 영상으로 생방 하는 게 더 좋음. 녹화 영상은 자동으로 광고 주기 설정된 거 시청자 엄청 많으면 가끔 10초씩 딜레이 되거나 운 좋으면 씹히는데 생방에선 그냥 칼임. 오히려 컴퓨터가 설정된 시간대로 트는 것보다 더 빨리 트는 것 같기까지 함. 광고 쿨이 있는데.

심지어 광고마저 생방처럼 나온다. 틀어놓기만 하면 굳이 개고생하지 않고 혹여 노출되지 말아야 할 정보가 유출될지도 모르는 상황까지 방지할 수 있기에 한시민은 요즘, 마계에 온 뒤로부터 특히 이런 방법을 애용하고 있었다.

녹화할 땐 그냥 켜놓고 신경 쓰지 않고 촬영한 뒤 혹시 지워야 할 게 있다면 그 부분만 쏙 지운 뒤 방송을 틀어놓는다.

얼마나 좋은가. 그냥 공짜로 숨만 쉬어도 돈이 들어오는 기분이다. 조삼모사지만 괜히 그런 속담이 생긴 게 아니다.

"시청자들은 개돼지야."

"……오빠, 그 발언은 상당히 위험한 거 같은데."

"다 쪽쪽 빨아먹어 버릴 테다. 양질의 컨텐츠로. 30만 원씩. 빌어먹을 에피아의 힘이 떨어진 만큼 더 쪽쪽!"

"멋있어."

확실히 여러모로 강예슬에게 이런 남자는 네가 처음이야를 마음껏 뽐내며 인성의 바닥을 내보였다.

지하 1,000m 심층수보다 깊디깊은 인성의 바닥에도 불구하고 인상을 찌푸리거나 하는 사람은 다행히도 없었다.

스페셜리스트는 익숙하다 못해 여자 둘은 매력을 느끼고 있는 상황이고, 에피아는 그런 그의 모습에 반해 수백 년을 기다린 또라이인 데다가, 빼액이는 그딴 거 상관없이 아빠라면 죽는시늉까지 하는 충실한 골드 드래곤이었으니까.

아리아나 그로킬레는 뭐 말할 것도 없고.

그들이 기분이 나빠서 뭐 하겠는가. 목줄 차인 개일 뿐인데.

마지막으로 남은, 그나마 정상인 사람은 세인트뿐인데, 아니, 뿐이었는데 그마저도 이제 빼액이에게 홀딱 빠져 한시민이 천계 이동 게이트를 통해 저 살겠다고, 그리고 부귀영화 좀 누려보겠다고 마왕을 데리고 왔어도 눈 하나 깜빡 안 하고 반겨주고 있는 마당이 아닌가.

물론 그는 아직 함께 온 에피아의 정체를 정확히는 모른다.

모를 수밖에 없다.

"저기, 저 여자분은 누구……."

소개를 하지 않았으니까.

한시민이 잔뜩 저기압인 채 찡그린 표정으로 말했다.

"알아서 뭐 하게요."

"……."

아니, 그래도 대신전의 장로인데.

자존심이 상했지만 세인트의 입가엔 성스러운 미소가 떠나지 않았다.

어찌 사위 주제에 장인어른께 대들겠는가.

아직 허락도 받지 못했고 더군다나 모험가 중에 강력한 강적이 있는 상황에서 결코 밉보여선 안 된다.

"죄송합니다."

제국의 중심. 수도 한복판에 위치한 대신전이다.

그곳에서도 신을 모시는 가장 깊숙한 공간에 신원 불명의 사람이 나타났다. 당연히 대신전의 장로로서 신원을 확인해야 하는 건 의무!

하나 그의 편이 아무도 없는 이곳에서 세인트는 그저 고개를 숙일 뿐이었다.

힐끗 본 에피아의 모습은 별로 문제 될 것도 보이지 않는다.

게이트를 넘으며 힘을 완전히 제약당한 그녀의 마족으로서의 상징들은 전부 자취를 감춘 상태였으니까.

누가 보면 그냥 상큼발랄한 풋풋한 고등학생에 갓 올라간 소녀다. 좀 많이 예쁜 소녀. 빼액이와 견줄 만한, 한 5년만 더 크면 빼액이 정도의 외모를 감히 가질 수 있으리라 확신할 수 있는.

아니, 외모만 비교하자면 취향의 차이라고 할 만큼 둘 다 예쁘다. 그저 차이가 있다면 발육의 차이겠지.

세인트에게는 별로 관심의 대상이 아니게 되는 부분.

닥치고 있으라는데 그냥 그러고 있기로 했다.

한시민이 마계 게이트를 통해 부작용으로 마계에 넘어갈 때 넘어간 정확한 인원수도 파악되지 않고 있지 않은가. 애당초 통계가 없는데 신원 불명이고 뭐고 확인하고 자시고가 없다. 그냥 같이 온 한시민이 믿을 만한 자라고 하면 그런 거다.

그렇기에 믿었다. 한시민을, 혜기 씨를 가슴으로 낳은 아버지를.

성녀님은 절대 거짓말을 하실 분이 아니야. 그런 그녀의 아버지 또한 마찬가지겠지. 혹시 거짓말을 해도 그건 진짜라 믿어야 해.

고개를 끄덕인 세인트가 화제를 돌렸다.

"어쨌든 잘 넘어오셔서 다행이십니다. 황녀님께서 혹시 몰라 마계로 향하는 게이트까지 여셨는데 그건 쓸모가 없게 됐군요."

칭찬을 바라는 보고!

굳이 말하지 않았어도 됐다. 한시민은 잘 넘어왔고 넘어올 사람이 없는 게이트는 자연스럽게 흑마력이 소멸되면서 사라질 테니까.

하지만 말한 건 점수를 조금이나마 따고자 함이었다.

우린 이렇게 고생했다. 널 구하기 위해!

한 방향으로도 열기 힘든 게이트를 무려 천계와 마계 동시에 두 곳을 열었다.

물론 한 곳은 어디까지나 성녀의 개인적인 힘에 불과하다. 하나 그 개인적인 힘이 어디서 나오는지 모르는 세인트는 그마저도 대견스럽고 자신이 해낸 일처럼 뿌듯할 수밖에 없다.

그가 칭찬을 받고 싶어 함은 아니었다.

"성녀님과 황녀님께서 많은 수고를 감수하셨습니다."

미래를 위해 그의 가족들에게 잘 보인다! 평생 정치라고는 몰라왔던 세인트가 본능적으로 익힌 생존 비법!

뿌듯한 표정으로 한시민의 표정을 본다.

"……무슨 문제라도."

하나 아까보다 더 심각하게 굳은 한시민의 표정을 본 세인트가 당황하며 되묻는다.

뭐지, 저 표정은.

좋아하리라 생각했는데.

의문도 잠시, 한시민이 다급하게 물었다.

"마계라니, 그게 무슨 말이에요."

"황녀님께서 부군을 구하신다고 흑마법사들을 생포해……."

"그건 아는데. 그러니까 그 게이트를 지금 열었다고요?"

"……예."

말과 함께 분위기가 바닥을 쳤다. 너무 차가워 입에서 말이 안 나올 정도였다.

한시민뿐 아니라 게이트에서 나온 모두가 정색하니 괜히 말을 꺼낸 세인트 자신이 잘못한 것 같은 기분이 들었다.

뭐야, 왜. 이유라도 말해줘.

유일하게 대륙에 있었던 성녀에게 시선을 줬지만 그녀는 그런 것 따위 안중에도 없는 듯 한시민에게 달라붙어 있는 것에만 집중하고 있었다.

이 세상에 혼자 남겨진 기분이란.

안절부절못할 틈도 아쉽게 그에겐 존재하지 않았다.

한시민이 튀어나왔다. 그러곤 그의 어깨를 잡고 물었다.

"어디 있어."

"예?"

"지금 그 게이트 어디 있냐고!"

마치 세상에 멸망하기 직전의 표정이다.

뭔가 이상하다.

세인트가 대답 대신 뛰기 시작했다. 모두가 그 뒤를 따랐다.

천왕은 게이트를 보며 많은 고민을 했다. 어째서 갑자기 생긴 걸까. 아무도 없는 마왕성에.

누구도 답을 줄 수 없는 상황이다. 마왕성 안에는 수많은 그의 측근과 최상급 천족들이 있지만 그들은 전부 천족이었으니까.

마족들의 일을 알 리가 없다.

대답해 줄 마족들 또한 모두 죽었다. 나가서 알 만한 마족을 구해올 수도 없다. 그가 보기에 이건 단순한 게이트가 아니었으니까.

흘러나오는 흑마력이 천왕조차도 눈살을 찌푸리게 할 정도로 농밀하다.

이런 게 쌍방향이 아닌 한쪽에서 임의로 열어버릴 정도면 그건 엄청난 희생을 통해 만들어진 게이트라는 뜻이다.

"이런 영악한 년이……."

잠깐 고민하던 마왕은 눈앞에 보이는 게이트의 의미에 기막히다는 듯 웃었다.

아무리 생각해도 그거일 수밖에 없다.

당당하게 싸우다가 도망친 이유. 도망치면 더 불리해질 수밖에 없음에도.

숨겨진 비장의 무기가 있다고 생각했었는데. 고작 이거라니.

"하하하!"

웃음이 나왔다.

완벽한 승리구나. 어떻게 빠져나갈 구멍은 만들었는데 상황이 뒤틀렸겠지. 대륙의 흑마법사들은 그를 모르고 게이트를 열었고.

이제 더 이상의 변수는 없다. 천계로 돌아가 암고양이 같은 마왕만 잡으면 되겠다.

웃으며 걸음을 떼려는 천왕. 하나 허겁지겁 달려왔던 천왕성의 천족이 그의 발목을 붙잡았다.

"……설마."

"또 무슨 일이냐."

"천계에도…… 지금 천왕성에도 대륙으로 향하는 게이트가 열렸었습니다."

운명의 장난인가.

혹은 잘못 본 것인가.

"말도 안 된……."

웃으며 손사래를 치려던 천왕의 표정이 굳었다.

그는 똑똑하다. 너무 똑똑해서 문제다. 그의 머리는 이런 상황이 일어날 확률을 순식간에 가정했다.

원래는 0이다.

천계 이동 게이트는 천계에서 그만이 만들 수 있는 마법진이다.

마법진을 여는 법을, 아니, 그가 만들어 놓은 마법진을 사용할 줄 아는 천족은 꽤 되지만 그럼에도 그가 당당하게 마법진을 그려놓고 관리하는 이유는 하나. 신성력이 그만큼 되는 이가 없기 때문이다.

해서 웃었던 것이다. 그럴 리 없으니까. 잘못 본 것일 테니까.

혹시 변절한 아리아가 사용하려 해도 그녀의 신성력으론 턱도 없다. 그녀는 분명 훌륭한 천족이었지만 그래 봐야 상급이다.

거기서 하나의 가정이 더해졌다. 빈 천왕성, 무방비로 방치되어 있을 신물들.

"……."

그거면 충분하다.

아리아 또한 알 것이다.

"진짜 천계 이동 게이트였느냐."

"……예, 천왕님."

아무리 바쁘고 급하게 허겁지겁 달려왔다 해도 명색이 천왕을 모시는 천왕성 시중이다.

적어도 상급 이상의 천족!

그걸 잘못 봤을 리가 없다.

가라앉았던 분노가 머리끝까지 치밀어 올랐다. 성역을 빼앗았다고 좋아하던 천왕은 더 이상 없었다.

인간 따위가 강화한 성역과 신물은 감히 비교할 수가 없다.

"이것들을……."

갈기갈기 찢어 죽이는 것만으로는 부족하다.

아주 평생 고통받게 만들어주리라.

다짐한 천왕이 게이트를 보았다.

게이트를 열었다는 건 대륙으로 갔다는 것이겠지. 당장 들어가서…….

"……."

뭐 어쩌지?

천왕 또한 에피아와 마찬가지의 문제로 발걸음을 멈칫

했다.

마왕이 두려워하는 문제를 천왕이 두려워하지 않을 리가 없다.

특히 오랜 시간 천왕의 자리를 굳건히 하던 그이기에 더더욱 소멸에 관해서는 두렵다.

하나 결정을 내려야 했다.

마왕이라면 어떻게 했을까.

인간들은 넘어갔다고 해도, 그 인간들은 나중에 천천히 벌하면 그만이다.

일단 마왕이다.

'나라면…….'

내가 마왕이었다면, 그 사악함이 조금이라도 있었다면. 넘어갔을 것 같다. 목숨을 걸어서라도. 훗날을 대비하기 위해, 그리고 대륙을 지배하기 위해.

천왕이 결심을 굳혔다.

"소멸될 수도 있다. 딱 열. 열만 따라오라."

마음을 먹은 천왕이 몸을 던졌다. 그 뒤로 최상급 천족 열도 따랐다.

천족과 마족. 그들은 용감했다.

4

마계로 향하는 게이트는 원래 대신전에서 열려고 했다. 그래야 관리도 편하고 혹시 모를 상황에 대비할 수 있으니까.

제국의 중심.

위험할 수도 있지만 그만큼 자신이 있었다. 흑마법사들도 통제할 수 있다고 믿었다.

하지만 최종적으로 마계로 향하는 게이트는 대신전에서 열리지 않았다. 아니, 못했다. 잡아온 흑마법사들로만은 불가능했으니까.

부족했다.

부족할 수밖에 없었다. 수십만의 피를 제물로 열었던 게이트도 아주 티끌만큼의 방해로 틀어졌었다. 그런데 전혀 낯선 곳에서 그로킬레의 지도도 없이 마법진을 그려서 연다는 건 사실상 대륙의 모든 흑마법사가 온다고 해도 불가능한 일이었다. 틀이 없는 것이다.

해서 계획을 바꿨다.

전쟁이 났던 곳. 이제는 역사서에 기록된 그 장소로 이동했다. 수많은 흑마법사를 이끌고.

전쟁의 여파로 황폐해진 땅, 여전히 존재하는 빛을 잃은 흑마법진이 있는 그곳으로.

생포해 온 흑마법사들이 마법진 위에 강제로 떠밀렸다.

한 치의 오차도 없어야 하는 상황에서 불안하게 진행되는 의식.

하나 천운이 따라준 걸까. 의식은 제대로 진행되었고 그로 킬레가 참관하고 수십만의 피를 머금었어도 실패했던 마법진이 그때의 수치를 잊기 위해서인지 빛을 발했다.

어쩌면 그 당시 스며들었던 피들이 이제야 힘을 발휘하는 게 아닐까 싶은 상황!

참관하던 황녀를 비롯한 수많은 사람이 침을 삼키며 변화를 지켜보았다.

막상 흑마법사들의 마법진을 발현시키긴 했지만 긴장되지 않을 리가 없다. 어떻게 될지 모르니까.

지금 대신전에서도 천계 이동 게이트를 열고 있을 것이다. 어디서 올지 모르고 양쪽 중 한 곳에서 나올지도 모른다. 만약, 지금 하고 있는 짓이 허튼짓이 된다면, 혹은 저 게이트에서 마족이라도, 행여나 마왕이라도 나온다면.

만반의 준비를 갖추긴 했다. 그리고 기다렸다. 슬슬 빛을 발하는 마법진을 보며.

어둠의 기운이 흘러나온다. 칠흑의 어둠이 온 세상을 뒤덮는다. 전쟁 때처럼.

이윽고 눈앞조차 보이지 않을 정도로 어둠이 들이닥쳤을

때, 그리고 조만간 무슨 일이 벌어질지도 모르겠다는 생각이 문득 들었을 때, 어둠은 씻은 듯 사라졌다.

어둠에 적응했던 동공이 빛에 다시 적응을 완료했을 때, 황녀를 비롯한 사람들은 마법진 위에 서 있어야 할 흑마법사들의 싸늘한 주검을 가장 먼저 보았다.

하나 거기에 많은 시선을 두지는 않았다. 그것들이야 상관없는 일이다. 만약 살아 있었다면 그들이 직접 죽였을 정도로 흑마법사들은 살아 있을 가치가 없는 놈들이다.

지금 중요한 건 마법진이 그들이 원하는 것을 뱉어냈느냐! 한시민이, 대륙의 영웅이 게이트를 통해 무사히 귀환했느냐!

기대가 가득 담긴, 그리고 걱정이 담긴 시선들이 마법진 정중앙으로 향했다.

그곳엔 원래는 없던 실루엣들이 모습을 드러내고 있었다.

그러는 와중에 켄지는 왕국 쟁탈전을 진행했다.

새벽, 어스름한 시간.

그때가 공격하기엔 가장 최적의 시간이다.

동시에 선전포고를 받은 입장에서도 가장 취약한 시간에 또 가장 만반의 준비를 할 수밖에 없다.

하지만 그것도 하루 이틀이다. 선포만 하고 움직임을 극도로 제한한 채 정보를 풀지 않는 켄지 길드를 매일 밤잠을 설쳐 가며 감시할 수는 없지 않은가.

무엇보다 일개 영지다.

요즘 무서운 기세로 세력을 불리고 있지만, 그들이 잡은 타깃이 그리 크지 않은, 그리고 그렇게 세력이 강하지 않은 왕국이라지만 그래도 일국이다.

왕이 있고 수많은 영지가 존재하는 왕국. 그런 왕국을 점령하는 일이다.

물론 그 왕국에 속해 있는 영지 두 개가 켄지 길드에게 이미 넘어가 있는 건 사실이다.

하나 거기까지다.

그런 변수마저도 모두 파악하고 대비하고 있다.

게다가 왕국을 한 번에 점령할 수 있는 왕성 쟁탈에 대한 대비는 얼마나 걸리든 경계를 풀지 않을 생각마저 하고 있다.

어떻게든 대규모 움직임은 눈에 뜨일 수밖에 없다. 특히 병력이 집중되어 있는 왕성이라면 더더욱.

막을 수 있다.

그런 자신감을 갖고 있는 왕국을 치는 일.

켄지도 결코 만만히 보지 않았다. 그럴수록 더 만반의 준비를 갖추고 또 갖췄다.

정보가 유출되지 않도록 군사기밀은 진짜 믿을 만한 사람들과만 공유했고 지금까지 치렀던 그 어떤 영지전에서의 돈보다 많은 돈을 투자했다.

진짜 한시민의 부탁도 거의 90% 협박이 아니었다면 진심으로 거절했을 정도로.

결국 준비는 끝났고 결전의 시간이다.

작전을 수행하기 직전 부정 탄 것 같아서 찝찝했지만 어쩌겠는가. 액땜했다고 생각해야지.

그러는 사이 유저들이 하나둘 모여들기 시작했다.

회심의 카드! 은밀하게 준비했던 작전!

별건 아니다. 사실 이걸 방송으로 볼 유저들이라면 크게 놀라지 않고 그냥 뻔한 전략이라며 웃고 넘길 수도 있다.

하지만 그건 어디까지나 제삼자의 입장에서 방송으로 보기에 가능한 생각이다.

판타스틱 월드를 조금만 플레이해 봤다면, 레벨 50을 넘기고 하루의 반 이상을 판월에 투자하는 사람이라면 쉽게 하지 못할 발상이다. 그곳은 또 하나의 현실이니까.

정말 NPC들이 살아 숨 쉬는 세상. 그런 세상에서 한 왕국을 치는 일이다.

현실로 따지자면 저기 저 밑에 우도 같은 곳에 사는 사람들이 필리핀이라는 한 나라를 쳐서 먹겠다는 뜻.

그거야말로 현실성 없는 이야기지만 현실임과 동시에 게임이기에 가능한 일.

그런 애매한 줄타기를 하는 세상에서 정확히 게이머로서 낼 수 있는 기가 막힌 창의력을 냈다.

유저 특공대!

다시 생각해도 기가 막히다. 어떻게 이런 방법을 생각해 냈을까.

"……길마님, 이거 실화입니까. 너무 완벽한데요."

"작전 시간까지 10분. 정확히 시간 되면 공격을 시작합니다."

하나둘 나타나는 유저들이 위치한 곳은 공격할 왕국의 왕성에서 멀지 않은 작은 숲. 그 수가 무려 백 단위를 향하고 있다.

순수하게 NPC를 제외한 유저들로만 구성된 파티. 초창기 켄지 길드의 멤버들, 그의 후원을 받으며 그리고 월급을 받으며 게임 하는 게이머들.

그들이 무려 왕성 바로 앞까지 아무런 피해 없이 온 것이다.

물론 호들갑을 떨 상황은 아니다. 고작 백도 안 되는 사람으로 왕성 안도 아니고 밖에서 뚫고 들어가야 한다.

아무리 새벽녘이고 다들 잘 시간이라 한들 고작 백 단위의 사람들에게 뚫릴 만큼 성이 허술하지는 않다. 경비 또한 단단할 것이다.

하나 그럼에도 켄지는 웃고 있었다.

웃음이 난다. 이 정도만 해도 충분하다. 고작 100 남짓한 숫자지만.

원래는 지금껏 모은 병력으로 천천히, 그리고 압도적으로 영지들을 하나하나 찍어 누르며 왕국 쟁탈전을 진행하려 했었다.

불과 어제까지만 해도, 한시민의 연락을 받기 전까지만 해도.

한데 그와 연락하고 나서 마음이 바뀌었다.

켄지는 분명 반쯤 협박에 못 이겨 부탁을 들어주었지만 받은 대가도 있었다.

이게 그거다. 유저 100여 명을 아무런 의심 없이 남의 시선 신경 쓰지 않고 이런 한적한 장소에, 그것도 왕성에서 얼마 멀지 않은 곳에 떨어뜨려 놓을 수 있는 방법.

"유저의 시스템을 이렇게 악용하다니."

다시 생각해도 감탄이 나온다.

한시민은 켄지를 이용해 신전에 말을 전했고 신전은 한시민의 부탁을 들어준 대가를 켄지에게 대신 지불했다.

별 위험부담 없이, 전쟁에서 중립이라는 대신전의 규칙을 지키며 사용할 수 있는 방법.

"종종 써먹어도 될 거 같습니다."

"앞으로 신경 써야 할 게 많을 것 같네요."

왕성으로 향하는 대규모 사제들의 행렬에 유저들을 끼워 넣는다. 그리고 유저들이 로그아웃하면 사제들은 그들을 남의 시선이 닿지 않는 곳에서 버리고 간다.

자연스럽게 몸만 남아 있던 유저들은 안전지역에서 벗어나 몸마저 사라지게 된다.

혹여 사제들의 행렬을 감시하는 사람들이 있다면 절대 성립되지 못할 대규모 집단 이동이지만 누가 사제들을 의심하고 지켜보겠는가.

그렇게 올 수 있었다.

"다 왔습니다, 길마님."

"가죠."

일회용 전략일 수도 있다.

이는 전부 대가를 지불했기에 그의 방송을 통해 그의 전략으로 나가게 될 것이고 유저들은 이런 방법도 있구나 대수롭지 않게 고개를 끄덕이면서 괜찮은 방법이라고 써먹고자 할 테니까.

그러거나 말거나 지금이 중요하다.

완벽하게 켄지의 전력이 왕성 앞에 도달했다.

여기서부터 문제긴 하다. 여전히 봉착한 문제는 사라지지 않았다. 그럼에도 자신감이 넘치는 이유는 하나다.

"오랜만에 길드 때로 돌아가 볼까요."

"좋죠."

켄지 영지는 전체적인 세력으로 보면 약하다. 이런 왕국조차도 어떻게 하기 힘들어 전력을 투입해야 하는 상황이다.

그렇지만 켄지 길드. 일개 단체로 보면 그들은 강하다. 예전에도 강해지는 루키였지만 지금은 NPC들조차도 얕볼 수 없는 강자로 성장했다.

레전더리 장비와 스페셜 아이템들로 도배한 켄지, 레전더리 등급의 2차 각성까지 완료한 다이노, 온갖 돈을 지원받아 레벨과 장비를 다 갖춘 길드원들.

그들은 자신이 있었다. 리치 영지도 아닌 저 성문 따위 당장에라도 부숴 버리고 왕성을 차지할 자신이.

우우웅—

다이노의 빛나는 지팡이가 하늘을 열었다. 전쟁의 시작을 알리는 포문이었다.

5

"안 돼!"

낯선 실루엣들.

마계로 향하는 마법진 위에 서 있는 열하나의 형상.

잔뜩 서로가 경계하고 대치하는 상황에서 저 멀리 울려 퍼지는 다급한 외침.

터질 듯한 긴장감 속 나타난 귀신!

"헉!"

황녀가 시선을 돌렸다가 숨을 들이켰다. 그토록 보고 싶었던 얼굴이 저기 달려오고 있다.

"서방님!"

일순 팽팽했던 경계심이 깨져 버렸다.

실루엣들을 확인하기도 전에 등을 돌려 뛰쳐나간다.

그녀의 일생 목표는 오로지 한시민의 무사귀환이었다.

빠져도 김치 담그듯 너무 푹 빠져 버린 그녀의 사랑.

흑마법사들이 마법진 위에 죽어 있었지만 그보다 한시민의 귀환이 더 행복했다.

그녀의 입가에 미소가 만개했다.

한시민도 오랜만에 보는 황녀의 모습에 얼른 달려오는 그녀를 품에 안았다. 그리고 안도의 한숨을 내쉬었다.

"휴, 늦지 않았네. 저 징그러운 자식들. 진짜 설마 여기까지 쫓아올 줄이야."

"네? 무슨 말씀이세요?"

저도 모르게 튀어나온 진심이다. 마계로 향하는 게이트가 열렸다고 했을 때 워낙 놀랐기에.

설마 여기까지 따라오겠어 했는데, 진짜 왔다.

진짜 왔는데 저들 역시 마계에서 보았던 그 포스가 보이지는 않는다. 에피아와 마찬가지로 날개고 뭐고 다 사라져 있다.

"후후. 후후후후."

생각지도 못했을 것이다.

한시민 역시 확신하지는 못했다. 천계 게이트가 그렇다고 마계 게이트도 그러리라는 법은 없으니까.

한데 다행히 똑같이 적용되었다. 눈으로 좇아가기도 힘든 움직임과 모든 걸 때려 부수던 그 무시무시하던 천왕과 마왕은 여기 없다는 뜻이다.

그렇다면 남은 일은 하나다.

복수!

피의 복수!

성역의 복수!

물론 직접 나서지는 않는다. 그는 그렇게 무드 없는 사람이 아니다.

복수를 대신해 주고 성역을 빼앗아줄 사람은 여기 넘치고 넘쳤다.

한시민이 외쳤다.

"마왕! 저 마왕 새끼가 여기까지 우리를 쫓아왔다!"

"뭐 해? 시키는 대로 안 하고?"

그이는 환생해서도 변한 게 하나도 없구나.

본성을 드러내는 한시민의 모습에 에피아의 흐뭇한 미소는 갈수록 짙어졌다.

to be continued

음악의 신

이창연 장편소설

손대는 가수마다 모두 실패한
마이너스의 손, 강윤.

사채업자에게 쫓겨
사랑하는 동생과 삶을 잃고 죽음을 맞는데…….

"혹시 원하는 게 있는가? 내 정신없어서 그냥 갈 뻔했군."

"그냥 다시 시작하고 싶네요. 처음부터 다시."

우연히 얻은 10년과 음악을 보는 눈!
더 이상 마이너스의 손은 없다.
3류든, 1류든 그의 손을 거치면 신화가 된다!

바바리안 퀘스트

하늘산맥은 영혼들의 쉼터였고,
산 자는 하늘산맥을 올라선 안 된다.
모두가 그리 믿고 있었다.

"너는 위대한 전사가 될 거다, 유릭."

촉망받는 부족전사 유릭은 하늘산맥을 넘었고,
그곳에서 스스로를 문명인이라 칭하는 사람들과 마주한다.

『바바리안 퀘스트』

야만인 유릭이 문명세계로 간다.

WBo

거신 사냥꾼

온후 퓨전 판타지 장편소설

최후의 영웅.
500명의 영웅 중 살아남은 건 오한성뿐이었다.

그리고 그마저 모든 것을 놓은 순간.

과거로 돌아왔다.

목숨을 걸어야 한다면 걸겠다.
그것이 이 모든 좌절과 절망을 지워 버리는 길이라면,
더 이상 영웅이 아닌, 승리를 위한 악당이 되겠다!

"준비는 끝났다."

영웅과 악당, 신과 악마, 모든 변화의중심.
그의 일대기에 주목하라.